金の角持つ子どもたち

藤岡陽子

目次

第一章　もう一度、ヨーイドン　7
第二章　自分史上最高の夏　91
第三章　金の角持つ子どもたち　179
解説　吉田伸子　274

金の角持つ子どもたち

第一章　もう一度、ヨーイドン

1

目の前に、美音《みおん》の声が飛び込んできた。

両手の人差し指と親指で輪っかを作り、

(雪、雪、雪だよ、お母さん)

と手話で話しかけてくる。

「雪が降ってるの？　本当に？　寒いと思った」

と返しながら、菜月《なつき》はそろそろ帰ってくる息子のために玄関の鍵を開けに行った。ついでにドアから顔をのぞかせると、二月の冷たい夜気が部屋の中に吹きつけてくる。外はもうまっ暗で、マンションの外廊下の照明だけがうっすらと灯《とも》っている。美音の言う通り、雪が少しちらついているようだ。

(お母さん、お兄ちゃんまだ？　私、もうお腹《なか》すいた)

腰の辺りをぽんぽんと叩《たた》かれて振り返ると、美音が唇を尖《とが》らせていた。

「ああ、ごめんね。すぐに作るね」

両膝を折り、美音に視線を合わせてゆっくりと話す。いつもなら七時前には夕食を食べ始めるので、お腹がすいてしまったのだろう。

油の入った鍋をコンロで温めていると、玄関のドアが開く音がした。俊介《しゅんすけ》はサッカーのクラブチームに入っていて、今日は練習日だった。五年生の練習時間は六時までなので、こんなに遅くなるのは珍しい。

「俊介？　おかえりなさい。今日は遅かったのね、なにかあったの」

菜月は声を張り、菜箸の先を揚げ油の中に差しこんだ。細やかな気泡が菜箸の周りに浮き出るのを確認すると、パン粉をつけたロースかつを二枚、透明な油に沈める。

俊介がいっこうに家の中に入ってこないので、菜月は箸を置いて玄関まで迎えに出た。廊下といっても2LDKの狭い賃貸マンションなので、台所から玄関まではほんの数メートルだ。

「俊介？　どうしたの」

「どうしたの、ここでなにしてるの」

俊介は上《あ》がり框《がまち》に腰を下ろし、背を向けて座っていた。足元には所属しているサッカークラブ、「LUMINOUS」のロゴ入りバッグが転がっている。

「……俊介？」

雪に濡《ぬ》れた肩が微《かす》かに震えていたので慌てて顔をのぞきこむと、俊介の両方の目から涙が溢《あふ》れていた。久しぶりに見る息子の泣き顔に、心臓がどきりと脈を打つ。

「どうしたの、どこか痛いの？　怪我《けが》でもしたの？」

肩に手を回して聞いてみたが、俊介は首を横に振るだけでなにも話そうとしない。小さな頃から負けず嫌いで、小学校に上がってからは人前で泣くなんてことはほとんどなかったのに……。俊介の腕を擦《さす》りながら「どうしたの」と繰り返していると、キッチンタイマーの音が聞こえてくる。

「俊介、ちょっと待ってて。お母さん、とんかつ揚げてくるから」

早足でリビングを横切ると、テレビの前にいた美音が不安げにこっちを見てきた。眉をひそめ、（ママ、お兄ちゃんどうしたの）と首を傾《かし》げる。


「お母さん、おれ、選ばれなかった」

俊介がようやく口を開いたのは、皿の上のとんかつを平らげた後だった。

「なにに選ばれなかったの」

菜月は自分のぶんのとんかつを二切れ、俊介の皿にのせてやる。

「……トレセンのメンバー」

「ああ……そっか。そうだったのね」

俊介が地域のトレーニングセンター、いわゆるトレセンに通うために必死で練習していたことは知っていた。トレセンで指導を受けられるのは、クラブのコーチが推薦する選手だけで、地区トレセンから始まって四十七都道府県トレセン、九地域トレセン、ナショナルトレセンとレベルが上がっていくそうだ。サッカーを知らない菜月にとってはよくわからないシステムだが、とにかくナショナルトレセンまで上がらなければ日本代表選手にはなれないらしい。俊介はサッカーの日本代表になりたいと、幼稚園の頃からずっとそう言い続けている。

「智也《ともや》と征《せい》ちゃんは監督に呼ばれてたんだ。でもおれは……」

俊介が喉を詰まらせ下を向く。また涙が込み上げてきたのか、細い喉元が震えている。

「そっか……。それは悔しかったね」

智也くんと征くんは幼稚園からの幼馴染《おさななじみ》で、三人同時にサッカーを習い始めた。菜月の目から見れば三人とも同じくらいの実力なのに、コーチが見ると違うのだろうか。

「でも俊介、トレセンに通うだけがすべてじゃないでしょ。頑張っていれば絶対上手《うま》くなるから。そうしたらまたチャンスが巡ってくるかもしれないじゃない」

美音が（ごちそうさま）と両手を合わせて立ち上がり、食器を流しに持っていく。不穏な空気に気づいているのかさっさとリビングに行き、テレビを点《つ》ける。

「トレセンに通わなくてもできる練習はいっぱいあると思うよ。走り込みをしたり、お父さんが休みの日は練習見てもらったり」

「もう……いいよ。こんなところで落とされるんじゃ、日本代表には絶対なれないだろうし」

「そんなの、心と体が丈夫になれば十分よ。お父さんも高校までサッカーやってたから、お仕事を頑張れてるんだし」

この子のことだから、いまは落ち込んでいてもまた立ち直ってくれる。「お母さん、おれ頑張るよ」と言ってくれる。あんなに泣いていたのにとんかつを平らげたのだ、と菜月は俊介の言葉を待った。

「お母さん、おれサッカーやめる」

だが息子の口から出たのは意外な一言だった。

「え、どうして」

「地区トレセンにすら行けないんじゃ、このまま続けててもしょうがない」

ついさっきまで泣いていたとは思えないほど強い目で、俊介が菜月を見つめてくる。

「でもやめるって言っても……お父さんに相談してからじゃないと……」

浩一《こういち》がなんと言うか。彼は週末、ルミナスの試合を観《み》ることを生きがいにしているのだ。俊介の活躍が自分の原動力だ、と言っているくらいなのに。

「お父さんは関係ない」

食べ終えた食器を流しに持っていく途中で俊介がぼそりと呟《つぶや》き、自分の部屋に戻っていった。

　ひとりで泣いているのかと思い、りんごを皿に載せて部屋をのぞくと、俊介は学習机に向かっていた。裾に土のついたサッカーの練習着のまま、背中を丸めている。

「なにしてるの」

　菜月が背後から声をかけると、

「うわっ、びっくりしたー」

とおおげさに驚き、俊介が振り返る。

「なにしてるの、お風呂入っちゃったら？」

もう一度聞きながら肩越しに手元を見ると、算数の図形問題がちらりと見えた。

「宿題？」

「ううん、『ホップ』。締め切りが明日だから今日中にやんないと」

「ホップ？　こんな時に？」

　トレセンのことで落ち込んでいるはずなのに、と驚きながらも、菜月は後ろからのぞきこむ。

　ホップは、俊介が小学校に入学した時から始めた通信教育だった。締め切りに合わせて解答用紙を送り、赤マル先生に添削してもらうシステムになっている。始めたきっかけは俊介が入学特別版の付録のゲーム機を欲しがったからだが、意外にも真面目に取り組み、たったの一度も締め切りを破ることなくかれこれ五年間も続けてきた。

「けっこう難しい問題やってるのね」

「まあこれ、最後の問題だからね。算数のラストはいつもめっちゃ難しいやつ」

話していると玄関のドアが開く音がした。浩一が帰ってきたのだろう。

「ただいま」

低く潜めたような声が聞こえ、菜月はスリッパの音が響かないよう気を遣いながら「おかえりなさい」と廊下の先まで出迎えに行く。帰宅時の浩一の機嫌は、こうして顔を合わせてみるまでわからない。車の販売員という職業柄か、夫の機嫌はサイコロのように日によって出目が変わる。

あ、今日は6の目の日だ。玄関先で目を合わせた瞬間、彼の一日がいいものだったとわかる。

「今日は二台売れたよ」

菜月が尋ねるより先に、浩一が嬉《うれ》しそうに報告してくる。

「すごいじゃない、二台なんて」

「うん、たまたま。城山《しろやま》さんがいつものサボリ営業に出てた時に、おれの応対した客が、ぱぱっと契約してくれたんだ。で、もう一台はだいぶ前からしつこく営業かけてたやつ。やっと口説き落とした感じだよ」

城山というのは浩一の先輩で、「営業に行く」と出かけて行っては、どこかで時間つぶしをしているらしい。

「だからいつも言ってるじゃない。神様は見てるんだって」

スーツの上着をハンガーに掛けるのを手伝いながら、いつ俊介の話を切り出そうか、とタイミングをうかがう。トレセン選抜の発表を、浩一もずっと気にしていたから。

冷蔵庫から発泡酒を取り出し、グラスと並べてテーブルの上に置いた。

「あれ、平日なのに飲んじゃっていいの？」

とんかつを食べていた浩一が弾んだ声を出し、缶のプルトップに親指をかける。

「車が売れたお祝い。それにしてもすごいねー。一日に二台も売れるなんて」

菜月は言いながら、テーブルを挟んで彼の向かい側に腰掛ける。嬉しい話は何度されても心地よいのか、浩一がうんうんと頷《うなず》いている。高齢の男性がショールームにふらりと入ってきたので、ただの暇つぶしだと思っていた。定年退職し、時間を持て余した男性客の冷やかしには慣れている。そういう客は新車のパンフレットを根こそぎ持って帰るだけで、買う気はゼロなのだ。丁寧な接待を受けることで自分がまだ現役だと確認したいだけなんだ、と浩一が気持ちよさそうに話す。

「でさあ、その客もそうだと思ってたんだよ。だからおれは適当にというか、マニュアル通りの営業で今期一番の推しを勧めてみたんだ。そしたら『じゃあこれにしよう』って。それでポンと四百万近い車買ってくれてさ」

シュートを決めた流れを再現する俊介のような顔をして、浩一がまた同じ話を繰り返す。

何度でも聞いてあげたいと思う。家族にいいことがあったこんな日は、よくやったねと繰り返し褒めてあげたい。だが「いいね」「よかったね」と夫の話に頷いているところで俊介が浴室に向かう気配があり、菜月はいまのうちにトレセンの選抜に落ちた話をしておこうと思った。

「それでね浩一、私からも話があるの」

浩一が発泡酒を飲み干したあたりで切り出した。まだ飲み足りないのか、空っぽの缶を逆さまにして最後の一滴をグラスに落としている。

「ん？」

目の縁を赤く染め、浩一が見つめてくる。

「あのね、トレセンの話なんだけど、だめだったみたい」

「だめって、選ばれなかったってことか」

「うん……そうみたい」

浩一の顔からとたんに笑顔が消え、眉間に皺《しわ》が刻まれる。

「他の二人はどうだったんだ？」

「他の……ああ、智也くんと征くん？　うん、あの子たちは合格したみたい」

浩一の目に落胆の色が滲《にじ》み、さっき練習から帰ってきた直後の俊介のように、肩を落とす。無理もない。浩一は本当に、俊介のサッカーに懸けているのだ。

「それでね、俊介が、もうサッカーをやめるって言うのよ」

一時的な気持ちかもしれないけれど、と菜月はやんわりと伝えた。もし俊介が直接言ったりしたら、夫はあの子を怒鳴りかねない。

「やめる？　なんで」

懸念した通り、浩一の顔色と口調が変わった。夫はサッカーのことになると、人が変わったように熱くなる。そんな時、この人も過去の自分に区切りをつけられていないのかなと思ったりする。

「地区トレセンにも行けないなら、このまま続けていてもしょうがないって」

「なに言ってんだ、今回選ばれなかったくらいで」

「でも、俊介の気持ちもわかるのよ。六年生で地区トレセンに参加するのが目標だったから」

「そんな、あいつの努力が足りないからだろ」

同い年の浩一とは、二十四歳の時に結婚して今年で十四年になる。だから夫の気性はだいたい把握している。怒った後は冷静になるのが常だったので、菜月は唇を固く引き結び、浩一の気持ちが落ち着くのをじっと待った。

空になったグラスを流しに持っていこうと椅子から立ち上がると、振り返った先に俊介が立っていた。いつからそこにいたのか、風呂上がりの全身から石鹸《せっけん》の香りがする。

「お父さん、おれ、トレセンのメンバーに選ばれなかった」

俊介が強張《こわば》った表情で、浩一に告げた。

「ああ。いまお母さんから聞いた。でもな俊介、まだ諦め……」

「サッカーはもうやめる。決めたんだ」

「決めたっておまえ。そう簡単なことじゃ」

「おれ、塾に行きたいんだ」

唖然《あぜん》とした浩一が菜月に顔を向ける。おまえ、なにか聞いてるのか。浩一の目がそう聞いてくる。菜月も驚き、ただ首を横に振ることしかできなかった。

「塾ってなんだよ、どういうこと？」

間の抜けた声で浩一が聞き返す。

「おれ、中学受験がしたいんだ」

中学受験という言葉があまりに予想外で、菜月はうろたえた。この子はいったいなにを言い出すのだろう。

「なにが中学受験だ。サッカーやめる理由を作るなら、もっとましなもん考えろ」

浩一が深いため息をつくと、俊介の口元にきゅっと力が入った。大切なことを伝える時の息子の癖だ。

「お父さん、おれ本気なんだ。行きたい中学があるんだ。だから塾に行きたいんだ」

話の展開が見えずにまばたきを繰り返している間にも、怯《ひる》むことなく俊介が浩一に向き合っている。

緊迫した雰囲気に気づいたのか、リビングのパソコンで『オンライン手話チャット』をしていた美音が菜月のすぐそばまで寄ってきた。エプロンをぎゅっとつかみ、心配そうに兄と父を見上げている。

「俊介おまえ……なに言ってんだよ。無理に決まってるだろう？」

「お父さん、お願い」

「だめだ。無理だと言ってるだろうっ！」

美音がエプロンから手を離し、二人の間に飛び出していく。俊介と浩一の顔を交互に見つめ、

（けんかはやめよう。なかよくしよう）

と手話で語りかける。しんと静まり返ったダイニングで、美音の手だけが懸命に言葉を紡いでいた。

「……なあ俊介、いまここでサッカーをやめてどうする？　五歳から十一歳までずっと

頑張ってきたことじゃないか、トレセンの選抜に落ちたくらいで逃げるなよ、お父さんをがっかりさせないでくれよ」

美音にその手を握られると、浩一の声は途中から威力を失《な》くし、最後はため息混じりのものになった。

「逃げるわけじゃないよ」

「でもやめるんだろ？　選ばれなかったから」

「そうだよ。選ばれなかった。……でも逃げるわけじゃない。おれにはやりたいことがあるんだ」

俊介は両手をぎゅっと握り、両目を真っ赤にしていた。

夫婦の寝室にしている和室に美音を寝かしつけ、俊介の部屋の電気が消えたのを確認すると、菜月はリビングのソファに座った。すぐそばで浩一が座椅子にもたれてお笑い番組を観ている。

「二人とも寝たか？」

「うん、明日も早いしね」

ちょうど観ていた番組が終わったのか、浩一がテレビを消し、座椅子の角度を変えて菜月と向き合った。俊介を一方的に怒鳴りつけたことを気にしているのか、いつもの元気がない。

「俊介、泣いてたか」

「泣いてはなかったけど……」

俊介は我慢強い性格だった。「おれは大丈夫」が口癖で、普段はほとんど弱音を吐かない。美音とは年が五つ離れているので、妹に障がいがあることや、そのために他の子どもよりも手がかかることも理解していて、わがままを言うこともめったにない。美音が明るい性格に育ったのも俊介が妹を大事に思い、可愛《かわい》がってくれているからだと菜月は思っている。そんな俊介の辛《つら》そうな顔を、今日は二度も目にしてしまった。

「ルミナスに穂村倫太郎《ほむらりんたろう》くんっているでしょ？　あの子が今月で退団するんだって。進学塾に通って中学受験するらしくて。それで俊介も、自分も受験したいって思ったみたいよ」

おやすみ、とベッドにもぐりこんだ後、俊介がぽつりぽつりと話してくれた。今日、サッカーの練習からの帰り道で、倫太郎といろいろ話をしたこと。倫太郎が夢を持っていると知り、驚いたこと。その夢を叶《かな》えるために中学受験をすると聞いて、もっと驚いたこと……。

「俊介もね、夢があるんだって。倫太郎くんと話をしていて、自分にも夢があるって気づいたって言うの」

「夢？　サッカーで日本代表に入るんじゃなかったのか」

「ううん。別の。どんな夢か聞いたけど、それは教えてくれなかった。あの子の夢って……なんだろうね」

ルミナスの練習場から駅に続く細い道路を、菜月は思う。電車の高架下にあるその道路は、練習を終える夕刻の時間帯には人の往来も少なく、世界の行き止まりに続いていくような閉塞感があった。トレセンのメンバーから外れた者同士、いったいなにを語り合っていたのだろう。

「ねえ浩一。中学受験、させてあげてもいいんじゃないかな」

学校の成績は、苦手な音楽と家庭科以外は最高評価の3を取っている。ホップだって毎回最後までやりきっているから、俊介なら塾でも頑張れると思う。サッカーにこだわらなくても打ち込めることがあるなら、それが勉強でもいいのではないかと菜月は浩一を説得した。

「菜月、ちょっと待ってよ」

また怒り出すかと思ったが、浩一は悲しげな笑いを浮かべている。

「万が一、志望校に合格したとして、私立中学に通わせる余裕なんてどこにあるんだよ。うちなんてかつかつの家計でやりくりしてるのに、無理に決まってるじゃないか。美音だって四月から小学生になるんだ、なにがあるかわからないだろ？　聾《ろう》学校じゃなくて普通学校に通わせたいって言ったのは菜月なんだし」

「それは……そうだけど」

先天性の難聴がある美音は、いまは聾学校の幼稚部に通っていた。だが四月からは地元の普通学校に入学することになっていて、浩一の言う通り、それは菜月が決めたことだ。

「いまは美音の学校生活を第一に考える時じゃないのかな。ちゃんとサポートしてやらないと。手話が使えない環境に飛び込むのを一番不安に感じてるのはあの子なんだからさ」

手話は得意だが、美音は口話が苦手だ。口話とは相手の唇を読んでなにを言っているのかを理解し、自分もまた唇の形を頼りに発声する会話法だが、読唇はできても、美音は声を出すのを嫌がる。嫌がるというよりも怖れている。笑われた経験が何度かあって、それがトラウマのようになっているのだ。家族の前ですら、あまり声を聞かせてくれない。

「わかってる。でもあなたも知ってるでしょ、美音はお兄ちゃんと同じ小学校に通いたいと思ってるのよ。一年だけでもいいから一緒に登校したいって、あの子ずっと言ってるじゃない。それに普通学校に通うとプラスになることもあると思うし」

「おれだって普通学校で学ぶメリットは感じてるよ。だからこそ、いまは美音の小学校生活に集中しよう。それに、俊介がどれだけ頑張ったって結果はわかってるよ」

「結果はわかってるって……どういうこと？」

「こんなこと言いたくないけどさ、おれが卒業した高校、地元で一番偏差値の低い学校だったんだ。通知表の成績にしても中学、高校ともに5段階中の3より上は取ったことがないし。体育だけは5だったけどさ。おれの姉貴も似たようなもんだ。要するに戸田《とだ》家は頭が悪い」

改まってそんなことを言われても、と菜月は返答に困る。夫の成績が悪かったことと、俊介が中学受験に挑戦したいという気持ちはまるで無関係なのに。

「そんなふうに決めつけなくてもいいんじゃないの？　俊介は学校の成績もいいんだし」

「小学校の頃なんて、真面目に授業受けて担任の先生に気に入られてりゃ、いい成績がつくんだよ。本当の頭の良さとはべつもんだって。トンビはタカを生まない。カエルはカエルしか生めない。それに菜月だって……」

言いかけて、浩一が口をつぐんだ。菜月の顔色が変わったのを瞬時に見てとったのだろう。浩一は「ごめん」と小さく呟き、そろそろ寝るよ、と座椅子から立ち上がった。

浩一の姿が襖《ふすま》の向こうに消えると、菜月はじっと詰めていた息を静かに吐き出した。首を横に振って、浩一が言いかけた言葉を追い払う。

いますぐには眠れそうになくて、廊下に出て俊介の部屋のドアをそっと開いた。人前で強がるかわりに、俊介は夜中にこっそり泣いていることがある。飼っていたハムスターが死んだ時も、大事な試合で負けた時も、家族が寝静まってからひとりで泣いていた。豆電球の灯《あか》りの下、俊介の寝顔を見つめる。これだけ熟睡していたら、少々の物音がしても起きないだろう。机の上には封筒に入れて糊付《のりづ》けしたホップの答案用紙が置かれていた。几帳面な俊介らしく、糊付けした上にセロハンテープが貼ってある。

封筒に貼られたセロハンテープを指先でなぞりながら、「自分にも夢がある」そうはっきりと口にした俊介の顔を思い出していた。母親だからわかる。あの言葉は本当なのだろう。サッカーをやめたいからと、とっさに思いついた言い訳ではない。

「夢か……」

これまでの人生で、自分が夢を持ったことなどあっただろうかと、菜月はぼんやりとオレンジ色の光を見つめる。毎日三食食べられて、学校に通える。それだけで十分な人生だった。でもその学校に通う、ということも菜月は高校一年生を最後にできなくなった。

「悪いけど、高校やめて働いてくれない？」

菜月の母が突然そんなことを言ってきたのは、高校二年生への進級を前にした春休みのことだ。いまから漬物工場のバイトに行こうとしていた時で、まるで「ゴミを出してきて」と言うのと同じくらいの軽さだった。初めはつまらない冗談だと思って「なに言ってんの」と笑い返した。家に引きこもりがちの母は、菜月が外に出ていくのが羨ましいのか寂しいのか、わざと引き留めるような子どもじみたことを時々してきたからだ。

だがその日の母は真顔のまま「四月から働いてね」と繰り返した。さすがに様子が変だと思い、「なにかあったの」と聞き返し、手に持っていた布バッグを足元に置いた。するとと母は菜月が足を止めたことが嬉しかったのか、満足そうに頷いた後、「お父ちゃん、糖尿病が悪化して腎不全になったって。それで来週から人工透析に通わなきゃいけないらしいよ」と他人事《ひとごと》のように告げてきた。

「ジンコウトーセキって、なに」

父に持病があることは知っていたが、腎不全の意味も、透析がなにをすることなのかもわからなかった。その時なんとか理解できたのは、父が今後、週に四回の頻度で病院に通わなくてはいけないということだけだった。

「一回の透析につき四、五時間かかるって医者が言うんだわ」

「そんなにかかるの？」

「そうそう。週に四回、お母ちゃんも付き添うことになりそうで、ほんとにもう腹立って腹立って」

顔を歪《ゆが》めて「腹立って」と繰り返す母を、菜月はなにも言わずに見つめていた。腹が立っている理由は父が糖尿病になり、インシュリンを打ち始めてもなお大量に酒を飲み、暴飲暴食をやめずに好き勝手な食生活を続けていたからなのだろう。だがそれを許していたのは母自身だ。それなのになぜ自分が被害者のように怒っているのだろうと、正直呆《あき》れた。

「だから菜月、学校やめて働いて」

「なんで？　なんで私が高校やめるの」

「だってお父ちゃん仕事できないんだよ。お母ちゃんは病院の付き添いがあるし。だったら誰が稼ぐの？」

「でも私、いま高校やめたら中卒になっちゃうよ」

「中卒のなにが悪いの。お父ちゃんは中卒だけど、あんたと弟二人、ここまでちゃんと家族を養ってきたよ。学歴なんかくそくらえってね」

「……学歴は大事だよ。お母さん」

「わがまま言うんじゃないよ。子どもは親の言うことを聞いてりゃいいの」

両親に押し切られるようにして高校を中退したのは、四月の始業式が始まる前日のことだった。二年生で菜月の担任になるはずだった女性教師は、両親を説得しに家まで来てくれた。「菜月さんはここまで真面目に勉強に取り組んできました」「成績も優秀です」「いまやめたら絶対に後悔します」と全力で両親と向き合ってくれた。親ですら見捨てた自分を、これまでほとんど話したことのない他人が助けようとしてくれている。先生ってすごいな、ありがたいなと、当時の菜月はその女性教師に心から感謝した。「菜月さんの未来のために」という言葉を聞いた瞬間は涙が出た。でも結局、両親は女性教師の言うことなど聞きもしなかった。自分たちの暮らしが一番だったのだ。最後は菜月も、家族五人が生きていくにはこの方法しかないのだと、無理やり自分を納得させた。

でも本当にその方法しかなかったのか、といまは思う。

父は障がい者手帳を取得し給付金をもらっていたが、母は透析施設に付き添うのを理由に働かなかった。もともと人間関係が苦手で、パートをしてもすぐに辞めてしまっていたのでむしろ楽そうに見えた。

当時、家の中で働いていたのは、リサイクル工場の正社員となった菜月だけだった。朝八時十分から夕方五時半まで働いて、給与は残業代込みの二十万程度。それだけでは足りないからと、夜はファミリーレストランでアルバイトをした。

いま両親は国から保障を受けながら細々と、けれど安定した暮らしを送っている。弟たちは奨学金をもらって私立大学を卒業した後、それぞれ企業に就職している。二人とも結婚してそこそこ裕福な暮らしをしているが、これまで一度たりとも生活を支えてきた菜月に礼を言ってきたことはない。

「俊介も倫太郎くんも……夢があるなんていいな」

机の上に置いてあるホップ宛《あて》の封筒を手に取り、もう一度息子の寝顔を見つめた。菜月の胸の内で、俊介が口にした「夢」という言葉がずっと響いていた。一生身につけることなどない、自分とは無関係だと思っていた大粒のダイヤモンドを目の前にころんと差し出された、そんな気持ちだった。

2

浩一が皿に残っていたから揚げを食べ終えるのを待って、菜月は冷蔵庫から缶ビールを一本出した。いつもの発泡酒ではなく、盆と正月にしか買わない金色の缶の高級ビールだ。今日は浩一が八時前に家に帰ってきたので、このタイミングで話をしようと心に決める。

「え、どしたの。今日なんかのお祝いだったっけ」

食べ過ぎた、と右手で腹を擦っていた浩一の声が明るくなる。菜月は満面の笑みを浮かべ、「ちょっと相談したいことがあるの」とテーブルを挟み、浩一と向き合って椅子に座った。自分の前には、いまレンジで温めたばかりのお茶を置く。相談したいことがある、と菜月が口にしたとたんに浩一の顔から笑みが消えた。

「あのね、俊介の中学受験のことなんだけど」

菜月が切り出すと、浩一はほんの一瞬うんざりといった表情を浮かべたが、予想に反してなにも言わずに頷いた。一週間前に話したきり、この話は一度も話題にのぼらなかったが、それは菜月がタイミングを見計らっていたからだ。

「私、この一週間で塾についていろいろ調べたの。倫太郎くんのお母さんに連絡して、情報をもらって。それでPアカデミーっていう大手の塾がいいって教えてもらったの。他の大手進学塾だと、六年生は転塾以外は積極的には受け入れてないらしいんだけど、Pアカデミーなら入塾テストで基準点をクリアすれば大丈夫だって」

菜月はPアカデミーのパンフレットをバッグから取り出し、「これ、もらってきたの」とテーブルの上に置く。浩一がのろのろと手を伸ばし、パンフレットを開いた。

（国算理三教科）　月額三万九〇〇〇円
（国算理社四教科）月額四万二〇〇〇円
春期講習　　　　　　二万六〇〇〇円

浩一の視線がまっすぐに費用の欄に向かう。

「塾の場所が新宿だから、電車で通うことになるんだけど。でも子供料金は半額だし、うちの最寄り駅からなら乗り継ぎなしで三十分くらいで行けるし、便利といえば便利で……」

Ｐアカデミーが入っているビルは、一階が大学受験用の系列の予備校になっていて、二階と三階で小学生が、四階と五階で中学生が学んでいる。とても立派な建物で、ビルには塾以外の店舗は入っておらず、周りの環境もよかった。対応してくれた職員の感じもよく、室内も清潔でここなら安心して通えると感じた、と菜月は懸命にＰアカデミーの良さをアピールした。だが浩一は無表情のままパンフレットの一点を見つめるだけで、なにを思っているかはわからない。

「この前話した客の話なんだけど……」

そう言って、浩一がふうっと息を吐き出す。

「一週間前に話しただろ？　一日に二台、車が売れたっていう。棚ボタのほうじゃなくて、もうひとりの、口説き落としてやっと契約にこぎつけたほうなんだけど、その人、七十前の男性客でさ。定年退職して暇なのかもしれないけど、半年くらい前から頻繁に店に来てたんだ。こんなちっこいトイプードル連れて」

浩一がトイプードルの大きさを両手で示す。

「その人……松川《まつかわ》さんっていうんだけど、松川さんが来ると、他のスタッフは面倒だから『戸田さーん』っておれを呼ぶの。来店したら少なくとも一時間近くは喋《しゃべ》るからね、その松川さん。だから応対してると仕事が全部止まっちゃう」

トイプードルがヘルニアになった時の話、家事もせずに演歌歌手の追っかけをしている妻の話、結婚して一年も経《た》たずに離婚してしまった娘の話……。松川さんの話はとめどなく、教訓もなく、聞いているとただストレスが溜《た》まっていく類のものなのだと浩一が笑う。

「それでも、もしかしたら契約が取れるかもしれないと思うと、邪険にはできない。息子はどこそこの有名大学を卒業したやら、孫が空手の大会で優勝したやら、雨だれのように終わりのない自慢話を一時間近く聞いて、言われるままに何台もの車の見積もりを出して、値引きの提示をして。でも『今日はもういいや。また来るわ』って話の途中で釣り針を引き上げられてさ。まあ営業ってのはそういう仕事なんだ。客にとったらおれなんて、飼ってるトイプー以下の、踏みつけてもなんともないような存在なんだから仕方ないんだけど。毎日毎日相手の顔色見て、実際に土下座まではしなくとも気持ちでは客の前で這《は》いつくばって、作り笑いを必死に浮かべて。それでおれの小遣いは一万五千円からいっこうに上がらなくて」

「……ごめんね、少なくて」

「いや、いいんだ。文句じゃないよ。菜月が弁当作ってくれるから昼飯代はかからないし、小遣いは足りてる。でもさ、菜月、中古のマンションを買いたいってずっと言ってるじゃないか。美音も小学生になるから一人部屋を持たせてやりたいって。おれもその意見には賛成だし、だから少しずつだけど積み立てもしてきたんだ。なあ菜月、いまのうちの家計で月額三万九千円の塾は無理だよ。四教科……社会までとったら四万二千円だ。通常の授業料以外にも春期講習とかそういうのもかかってくるんだろ？　これは無理だよ、菜月。残念だけど、いくら俊介の願いだからって叶えられないこともあるんだ。クリスマスに子どもたちのプレゼントを買いに行くような、そんな簡単なもんじゃないよ」

無理をしたってろくなことがない、と浩一が空になった空き缶とグラスを流しに置きにいった。菜月も椅子から立ち上がり、話し声が部屋から漏れないよう、わずかに開いていた扉を閉める。自分の部屋にいる俊介は、学校の宿題をすませた後、新しく届いたホップに取り組むと言っていた。

「だからね浩一、私、働きに出ようと思ってるの。せっかくあの子が自分の意志で中学受験をしたいって言い出したんだからやっぱり応援したくって」

自分が働けばそのぶんを塾の費用に充てられる。美音が学校に行っている間だけパートに出るつもりだと、菜月は伝えた。だが浩一はなにも返さず、流しの前に立ちグラスをゆすいでいた。いつもは洗いものなんてしないのに、蛇口から水を出したままグラスをゆらゆら揺らしている。

「私がパートに出て月に八万くらい稼げば、塾代はそこから支払えるし」

月に八万円収入が増えれば、四万円前後の塾代を払うことはできる。それでなんとか乗り切れるのではないかと菜月は考えていた。

「……菜月がパートすれば、塾の費用は捻出できるかもしれないな」

気味が悪いくらい静かに話を聞いていた浩一が、ようやく口を開いた。

「そうでしょう？　六年生はもう少しかかるらしいんだけど、そこも貯金を切り崩してなんとかやりくりできると思うのよ。さっきあなたが言ってた積み立てが二百万くらい貯《た》まってるの」

ネットで調べると、六年生は通常授業に加えてさまざまな講習に原則参加しなくてはいけなくなり、塾に支払う額は百万円を超えるという。だがそれも一年間のことだ。なんとかやりくりすれば、払えない金額ではない。

「菜月、美音はどうするんだ？　まだ一年生なんだ。授業時間も短いだろうし、家に帰って来て母親がいないんじゃどうしようもないだろ？」

「美音は……学童保育に行ってもらおうと思ってる」

「学童保育っておまえ」

「でも他に方法がないから……。うちの親はあてにならないし、浩一の実家だって電車で一時間近くかかるでしょう？　そう考えたらそれしかないなって」

浩一が大きく息を吸って、すぐに吐き出した。怒りをなんとか鎮めようとしているのがわかる。

しばらくの間、二人で無言のまま見つめ合っていた。だが、浩一がふと思いついたように流しから離れ、リビングでテレビを観ている美音に近づくと、

（美音、学校が終わってから大きい子どもの保育園に行けるか）

と手話で話しかけた。「学童保育」という手話表現がわからないのか、「大きい子どもの保育園」になっている。

（大きい子どもの保育園ってなに？）

（学校が終わった後、預かってもらうところ。お母さんが仕事から帰ってくるまで、美音は他の大きい子どもたちと一緒にそこで待つんだ）

浩一のやけに大きな手振りを見つめた後、美音が眉を下げ、菜月を振り返った。

（お母さん、お仕事するの？）

（するかもしれない。そうなったら美音を大きい子どもの保育園に預かってもらわないといけない）

（やだ。学校が終わったら、美音はおうちに帰る。大きい子どもの保育園に行くのは絶対にイヤ）

手話で会話する浩一と美音を、菜月は黙って眺めていた。もし声高に反対されたら、必死に言い返したかもしれない。でもこんなふうに美音の気持ちを目の前で見せられると、どうしようもなくなる。美音が通っている聾学校の幼稚部には、保育園を併用して働きに出ている母親も何人かいる。だが美音のような子どもには、親子で過ごす時間が大切だと菜月自身考えてきた。会話をたくさんすることでコミュニケーション能力が上がるのではないかという思いは、もちろんいまも持っている。

「菜月、やっぱり無理なものは無理なんだよ。菜月がパートしてなんとか塾代を捻出できるとするだろう？　でも前にも言ったけど、俊介が志望の学校に合格したとして、そこからの費用はどうするんだ。私立の入学金や授業料がいくらかかるか知ってるか、それこそ年間百万円は軽く必要だよ。授業料の他にも交通費もいるだろうし、教材も公立より高いかもしれない。遠足、修学旅行、部活動費……。見えないところにたくさん金がかかる。俊介は倫太郎と同じ中学に通いたいんだよな。でも倫太郎の親とおれたちは違うんだ。あの二人に差はないのかもしれない。でもおれたちと倫太郎の両親とは、もうどうやっても埋められないほどの差があるんだ。それにマンションを買うのは、おれら二人の目標だったじゃないか。ローンの支払いがこの先何十年も続くわけだし、それを諦めてまで俊介のわがままを聞こうとすることはないよ」

「わがまま？」

わがままと言われ、目の下が引きつった。母に同じ言葉で詰《なじ》られた苦しい記憶が蘇《よみがえ》る。「違うよ、わがままじゃないよ。俊介はわがままなんて言ってないよ。……マンションだって、子どものためなら私は諦められる。私は、俊介の夢のほうが大事だから」

菜月が両目を潤ませると、浩一は下を向くようにして顔を背けた。

「どっちにしても無理なものは無理だよ。俊介の学費で戸田家は破産してしまう。ああ、あとさ菜月……」

俯《うつむ》いていた浩一が、上目遣いでこちらを見る。なにか言いかけて、でもまた目を逸《そ》らしたので、「なに？　どうしたの」と先を促すと、「親父《おやじ》が胃癌《いがん》になったって。この前の健康診断で引っ掛かったんだ」と言いにくそうに口にする。

「嘘《うそ》、ほんとに？」

「今日の夕方、母さんから携帯に電話がかかってきて、来月の半ばくらいに手術するらしい」

「大丈夫なの？」

「不幸中の幸いで、初期だったらしい。でもさ、実家もこんな状況なんだ。父さんが手術となると、いくらかは実家に包まなきゃならないだろうし」

「いくらってどれくらい？」

「五十万、とか？　年金暮らしだし、保険にも入ってなかったらしいから。いまは塾とか中学受験とか、とてもじゃないけどそんな余裕ないよ。なあ菜月、お願いだからわかってくれよ」

お願いだからわかって――。

自分は誰のためにお願いされているのだろうか、とふと思う。少なくとも俊介のためではない。お願いというのは柔らかな強制だ。あからさまではないが、そこには力関係が存在している。だからしかたなしに、人は誰かのお願いを受け入れてしまう。あの時もし、自分が母親の「お願い」を突っぱねていたらどうなっていただろう。少なくとも自分だけが犠牲になったという思いを抱えて生きることはなかった。

「……関係あるのかな」

菜月は低く呟き、浩一の顔を真正面から見据えた。

「浩一のお父さんが胃癌になったことと、俊介に中学受験を諦めさせることって、関係あるのかな？　浩一の実家にお見舞い金を包まなきゃならないから？　お見舞い金って、お義姉《ねえ》さんも同額のお金をご両親に渡すの？」

「絡むなよ」

短く返し、浩一が身体《からだ》を反らせる。この話題から早く離れたいというようなその仕草が、いつもならここで黙ってしまう菜月を奮い立たせた。

「私、これまでやりたいこと全部、諦めてきたの。長女だから、弟がいるからって両親の言う通りにしてきた。それでも私、高校だけはやめたくなかった。いまになって高校を中退したことをすごく後悔してるの。やめた時はいつか高卒認定試験を受けようって思ってたけど、でも働き出したらそんなエネルギーどこにも残ってなくて……。私ね、自分が中学しか出てないってこと、浩一以外の人には言えてないの」

話しているうちに当時の悔しさが思い出され、両方の目から涙が溢れた。「いまやめたら絶対に後悔します」そう言って何度も何度も自分の両親に頭を下げてくれた女性教師の横顔が、まぶたの裏に浮かぶ。

「菜月の過去のことは……おれにはどうにもしてやれないよ」

涙を見た浩一が、驚いた顔で呟く。この人にこんなことを言ってもしかたがない。そうは思っても、一度溢れ出した感情を抑えることはできない。

「うちの親も弟たちも、私が……高校生だった私が犠牲になったこと、いまはすっかり忘れてるのよ。あの時のことはもう済んだこと、自分たちは家族で苦しい時代を乗り切ったんだって美談になってるの。でもね、私はいまも思ってる。どうしてあの時、私の両親は『自分たちのことはいいから』って言ってくれなかったのかなって。自分たちの暮らしより娘の未来を考えてくれなかったのかなって、そう思ってるの」

無理をしてほしかった。無理をしてでも私の未来を守ってほしかった。いま浩一と結婚して幸せな暮らしをしていて、でも時々、ほんのたまにだけれど、悔しくて泣きたくなることがあると菜月は打ち明けた。自分たちの親世代ならともかく、いま自分の周りには中卒の人はほとんどいない。学歴差別をするつもりはないが、自分自身のこととして、学歴が中学で終わっていることを気にせずにはいられないのだと菜月は涙ながらに訴えた。

「菜月、なに言ってんの、おれは俊介が望むなら大学に行かせるつもりだよ。美音も行きたいなら行けばいい。金が足りないなら奨学金を借りて、学校を出てから本人たちが働いて返せばいいことだろ？　でも中学受験は無理だよ、やっぱ」

「無理？」

「何度も言ってるけど、受かったところで私立には行かせられないだろう？」

「うん……無理なのかもしれない」

でもね、と言った後、喉が詰まり菜月は唇を閉じた。感情を押しとどめるために両目を固くつむり、浅い呼吸を繰り返す。夫婦の間に暗い色の大きな川が流れている。もう互いの声は届かない。そう思った時だった。

「お父さん」

よく通る明るい声が、背後から聞こえてきた。自分の部屋にいた俊介が、いつのまにか扉を開けて立っている。

「お父さん、これ見て」

真剣な表情で、俊介が手に持っていた冊子を浩一の前に差し出した。

「なんだこれ？」

「倫太郎が受験する中学校」

彼に借りてきたのか、俊介が手にしていたのは中学校の入学案内パンフレットだった。光沢のある表紙には、レンガ造りの立派な校舎の写真が載っている。

「東栄大学附属駒込中学校……。倫太郎くんはここ受けんのか」

「そう言ってた」

「難しいのか」

「うん、日本で一番難しいんだって。おれも、ここを目指したいんだ」

俊介が口元を引き締めて真面目に答えると、浩一が「日本で一番難しいって、おまえ」と笑い出した。嘲笑《あざわら》うのではなく、心底楽しそうな顔で大きく口を開けている。俊介がサッカーを始めてすぐの頃に「ぼくは大人になったら日本代表選手になる」と宣言した時も、たしかこんな笑い方をしていたなと菜月は思い返す。

「お父さん、この学校は国立なんだ。だから学費がすごく安いんだ。倫太郎がそう言ってた」

俊介がパンフレットを指差し、浩一ににじり寄っていく。「国立」「学費が安い」と言われても、菜月にはピンとこなかった。たぶん浩一もそうだろう。

「倫太郎、この学校の入試問題っていうのを持っててさ、おれも見せてもらったんだ。むちゃくちゃ難しかった。なにが書いてあるのか、さっぱりわからなかった」

「だったらおまえ……」

「でもねお父さん、塾に行って一生懸命勉強すれば、その難しい問題も解けるようになるって倫太郎が言うんだ。学校やホップでは習えないことを、塾なら教えてくれるって」

お願いします、中学受験をさせてください、塾に行かせてください、おれはこの中学校しか受けない、それでだめだったら地元の広綾《こうりょう》中学に行くから、と俊介が切実な声を出し深く頭を下げる。

「なんだよ俊介、こんなことで男が頭下げるな」

浩一が俊介の肩に手を置き、丸めた背を起こそうとすると、裸足《はだし》の足先に涙のしずくがぽとりと落ちた。

「俊介……」

浩一が困ったように顔をしかめ、菜月のほうを見てくる。テレビの前で手話をしながら踊っていた美音が走り寄ってきて、（お兄ちゃんどうしたの？）と俊介の手を引っ張る。

「お兄ちゃん、行きたい中学があるんだ」

俊介は泣き顔のまま美音に向かって口を動かす。美音はそんな兄の口元を食い入るように見つめている。

（じゃあ行ったらいいじゃん。お兄ちゃんの行きたい中学に、行ったらいいよ？）

「うん。いまお父さんに頼んでいるところなんだ。その中学に入るために、塾に行きたいって」

兄の言葉を一言も見逃すまいと、美音が目を細めて俊介の顔を見つめていた。

美音は俊介の言葉に頷くと、すぐに浩一のそばに近づいていきその腕をつかんだ。そして、

（お兄ちゃんを塾に行かせてあげて）

と空気を切る力強さで話しかける。

「でもお兄ちゃんが塾に行くようになったら、美音は大きい子どもの保育園に行かないといけないんだぞ」

（どうして？）

「お兄ちゃんが塾に行くために、お母さんがお仕事しなきゃいけないんだよ」

俊介が声を押し殺して涙をこぼし続ける中で、浩一と美音の静かな会話が交わされる。

美音はきつく唇を引き結び、（大丈夫）（美音、大きい子どもの保育園行く）（お母さんがお仕事してもいい）と小さな手を忙《せわ》しく動かし続ける。

浩一はしばらく子どもたちを交互に見つめていたが、やがてパンフレットに視線を落とした。学費が記載された箇所を凝視し、黙ったままなにかを考えこんでいる。

「なあ俊介、おまえはどうしてこの中学に行きたいんだ？」

パンフレットから視線を上げると、浩一が俊介に問いかけた。菜月も、俊介の横顔を見つめ答えを待つ。

「科学部に入りたいんだ。おれはこの学校で科学の勉強がしたい」

「科学部？　……ああこれか、『科学の甲子園』東京都大会優勝、全国大会の東京代表……かな。お父さんにはよくわからないけど、なんかすごそうだ」

「東駒の科学部は全国レベルだって倫太郎が言ってた」

「そうか。そういや俊介には夢があるんだよな」

「うん」

「どんな夢なんだ？　科学と関係あるのか」

「うん。でもいまは……言いたくない。夢が叶った時に話す」

「なんだそれ。それじゃプレゼンにならないだろ」

言いながら、浩一は息を漏らすように笑った。笑ってから覚悟を決めたように小さく頷き、

「わかった。この東栄大学附属駒込中学なら受験してもいい。でももしここがだめだっ

たら広綾中に行ってくれよ」

と俊介の肩に手を置く。大きな手のひらで肩をつかまれた俊介が、また涙を滲ませ、美音がその顔を心配そうにのぞきこむ。菜月はそんな家族の姿を目にしながら込み上げてくるものを必死に抑え、「浩一、ありがとう」と口にした。

「いや、そんな、改めて礼を言われることじゃないけど」

浩一が力の抜けた声で答える。

「無理言ってごめん。浩一にはいつも感謝してる。あなたと結婚してから私、ずっと幸せだった……」

彼はファミリーレストランでアルバイトをしていた菜月を好きになってくれた人だ。仕事の帰りにほとんど毎日やって来て、メニューの中で一番安いナポリタンを食べていた。「ナポリタンお好きなんですね」と、ある夜、菜月がレジを打ちながら話しかけたら、「そうじゃなくて、あなたが好きなんです」と耳を真っ赤にして言ってくれた。

「なんだよ急に、子どもたちの前で……。それより俊介、入塾テストとやら、ちゃんと合格するんだぞ」

また泣き出した俊介が、俯いたままこくりと頷く。

浩一が俊介の頭をぽんぽんと軽く叩き、「じゃあおれ風呂入るよ。洗車したから体中ワックス臭くてさ」と浴室へと歩いていく。時計を見るといつのまにか十時を過ぎていた。

3

新宿駅で電車を降りてホームに立つと、菜月は白色のマフラーを巻き直した。三月も半ばなので冬の硬さは徐々にゆるんではきているが、それでもまだ寒い日があり、ダウンコートにマフラーという姿で家を出てきた。ただ自宅の近所では当たり前のこの格好も、新宿の街を歩くとなると浮いているような気がする。電車の窓ガラスに映る自分の姿が実年齢より老けて見え、菜月は慌てて背筋を伸ばす。

新宿駅から十分ほど歩くと、Ｐアカデミーが入っている五階建てのビルが見えてきた。ビルの入り口付近で立ち止まり、ガラス張りの外壁を見上げて一度大きく深呼吸する。吐いた息が白く滲んだが、すぐにまた消えていく。

昨日Ｐアカデミーからかかってきた電話では、午後二時に来るよう言われていた。だが約束の時間より十五分も早く着いてしまい、戸惑いながらビルの中に入っていく。エレベーターで二階まで上がり塾の出入り口になる自動扉を抜けていくと、受付の茶色いカウンターが現れ、五十代くらいの女性が明るい笑顔で出迎えてくれた。

「こんにちは。二時に面談の戸田さんですね」

「あ、はい、戸田です。すみません、ちょっと早く着いてしまって」

蛍光灯で照らされた室内は目が痛いくらいに明るくて、それだけで菜月は不安になる。今日は、二日前に俊介が受けた入塾テストの結果を聞きにきたのだが、本番の合格発表さながら、緊張している自分がいた。

「戸田さん、まもなく担当の者が参りますので中でお待ちいただけますか」

プラスチック製のスリッパを足元に置かれ、菜月は自分の靴を出入り口のすぐ横にある下駄箱にしまった。

「すみません、私、早く来すぎてしまって」

同じ言い訳をまた口にし、事務員の後ろについて廊下を歩いていく。

「こちらでお待ちください」

案内されて入ったのは、テーブルと椅子が二つ、向かい合わせに置いてあるだけの小さな個室だった。事務員が部屋から出ていくと、菜月はテーブルの上に置かれた冊子を手に取ってみた。ぱらぱらと中身を見ているうちに、前年度の『合格者体験記』であることがわかった。たくさん並ぶ中学校の中から、俊介が行きたいと言っていた東栄大学附属駒込中学を探してみる。すると一ページ目のトップに出ていた。見るからに賢そうな男の子の写真が体験記の冒頭に載せられている。

『ぼくが初めてPアカデミーを訪れたのは、小学三年生の冬期講習でした。初めは親に勧められ、軽い気持ちで講習会だけを受けるつもりだったのですが、授業が楽しくて、三年生の三月から正式に入塾しました。志望校を決めたのは六年生の四月です。六年生になってZ組に入れた時、担任の先生が「東駒を目指してみたらどうか」と言ってくれたのです。初めは無理だと思いましたが、勉強をしているうちにどんどん――』

「おまたせしました」

食い入るように合格体験記を読んでいるところに低い声が落ちる。

慌てて顔を上げると、部屋の入り口にスーツ姿の男性が立っていた。三十代半ばくらいだろうか。菜月とさほど年齢は違わないように見えるが、理知的な雰囲気の人で、まだなにを言われたわけでもないのに萎縮してしまう。

「はじめまして。私は六年生を担当している加地《かじ》と申します」

「戸田です。よろしくお願いします」

菜月は座ったまま頭を下げ、手にしていた『合格者体験記』を元の位置に戻す。

加地は小さく頷くと、「さっそくですが、こちらが入塾テストの結果になります」と透明のクリアファイルに挟んでいた用紙を引き抜き、机の上に置いた。

国語45点。

算数38点。

「あの、これって何点満点のテストなんですか」

「百点満点です」

「ああ……そうなん……ですね」

あまりの出来の悪さに顔が熱くなり、語尾が震えてしまう。俊介がテストでこんな点数を取るのは初めてだ。学校のテストでは八十点を下回ることなどほとんどないので、五十点満点かと思ってしまった。

「新六年生の問題なので、難しかったと思いますよ」

加地が淡々と話しながら、また別の用紙をファイルから取り出してくる。

「これは国語の問題です。大問一が論説文、大問二が物語文、大問三で漢字や語彙の知識を問うような問題が出されています。俊介くんは物語文が得意なようで、四十五点のうちのほとんどを大問二で稼いでます」

漢字は辛うじて半分ほど正解し、だが論説文では記号で答える問題にしか丸のない答案用紙を、菜月は呆然《ぼうぜん》と見つめる。

「こちらは算数ですね。算数は大問一が計算問題で、あとはつるかめ算、速さの問題、ニュートン算などの基礎問題がまんべんなく出されています。俊介くんは最初の計算問題をほぼ合わせ二十点、大問五の『組み合わせ』の問題を三問すべて正解させています」

三問すべてといっても、わずか十八点。他の問題はすべて不正解だった。

「あまりできてませんね」

そのひと言しか言えなかった。加地の目を見ることができず、菜月は答案用紙に視線を置いたままずっと俯いていた。

「点数は高くありませんが、俊介くんは国語と算数それぞれ六十分間、集中を途切れさせることなく時間を使いきってました。さきほども言いましたが、六年生の入塾テストの問題は難しいんです。他の塾から移ってくる生徒もいますから、クラス分けのために難問が含まれているんです。おそらく学校の授業では見たこともないような問題です。国語の漢字は習っていない範囲のものも、出題されていたと思いますよ」

加地に言われて漢字の解答欄に目をやると、何度も消しゴムで消した跡が残っていた。

「算数にしても、おそらくどの問題も解き方がわからなかったと思います。でも大問五だけはなんとか自力ですべての組み合わせを書き出して、正解まで導いています。この大問五は最難関校といわれている東栄大学附属駒込中学の入試問題ですから、たいしたもんですよ」

たったひとつだけ大きく描かれた丸を、加地がボールペンの後ろで指し示す。そこには『赤白緑、赤緑白、白赤緑、白緑赤……』と菜月にはなんのことかさっぱりわからない、色を表す漢字の羅列が並んでいる。鉛筆の芯が潰れたのか、黒い粉が答案用紙の余白に滲んでいた。

そういえば入塾テストを受けた日、俊介が着ていたトレーナーの右の袖口だけがまっ黒になっていた。あの汚れは鉛筆の粉が滲んだものだったのだといま気づく。あの子なりによく頑張った。それはこの答案用紙を見ればわかる。でもこの点数を目にすれば、俊介は自分以上に落ちこむだろう。

「あの、今日はお忙しいところどうもありがとうございました」

菜月は腰を浮かせ自分のほうから話を中断した。講師にしても入塾テストの結果報告にそうそう時間を割いてはいられないだろう。中学受験どころか入塾すら叶わなかったことを、俊介になんて伝えようか。いま提示された点数をそのまま伝えていいのかどうか。浩一はこの結果を見てなんと言うだろう、ほらなやっぱりと笑うだろうか。それともがっかりするだろうか。

「あ、いや、戸田さん。本題はこれからです」

だが席を立った菜月を制し、加地がもう一度座り直すように言ってくる。

「俊介くんには、C組からスタートしてもらおうと思っています」

「C組？」

「はい。うちの受験クラスは学力レベルの高い順からA組、B組、C組とあるのですが、俊介くんにはまずはC組に入ってもらうつもりです。ですがこれからずっとC組というわけではありません。毎月実施される模試の結果を見て、定期的にクラス替えをするので、上のクラスに行く機会はあります」

合格者体験記に登場していた男の子は、Z組に入れたと書いていた。でも加地の口からZ組の話は出ていない。

「あの、先生、Z組というのは？」

「ああ、Z組は特進クラスのことです。都内にある全てのPアカデミー校の成績上位者が選抜されて構成されています。毎年微妙に人数は違いますが、各校のA組から一人か二人がZ組に呼ばれるといったところでしょうか。Z組に参加する生徒は、毎週日曜日に本校で特別授業を受けるんです。この場合、A組の通常授業とかけもちになるのでなかなか大変なんですが」
A、B、Cとクラスがあって、さらにZ組に入るのはA組からの選抜……。俊介が志望する東栄大学附属駒込中学というのはそれほどの難関なのかと気が遠くなる。
「Z組がどうかされましたか」

「いえ、ああ、あの……穂村くんはどちらのクラスに通われてるんでしょうか。俊介の友達なんですが」

「ああ、穂村くんですか。彼もC組ですよ。彼のやる気ならじきに上のクラスに上がっていくと思っているんですけど」

菜月は、俊介と一緒にルミナスでサッカーをやっていた頃の倫太郎を思い浮かべた。

気が優しくておとなしく、でもサッカーが大好きで、小学一年生の時からずっと、俊介と一緒にプレーしてきた。試合には時々しか出してもらえなかったが、それでも腐ることなく、ベンチから声援を送っていた男の子。そんな彼がいまは塾で懸命に頑張っている。俊介のように自分の進むべき道を見つけたから、ルミナスを去ったのだろうか。

「あの……先生、実は」

菜月は俊介の志望校を伝えるかどうか、迷った。入塾テストでこんな悪い点を取っているのに入れるわけないだろう、そう思われるのではないかと怯んだが、でもやっぱり言っておくべきだと思う。俊介がなにを目指してこの塾に入るのか。もしいま「それは不可能だ」とはっきり言われたら諦めてもいいのかもしれない。

「息子の志望校は、東栄大学附属駒込中学なんです。それ以外の中学には進学するつもりはなくて……」

身の程知らずであることは十分にわかっている。でも俊介は本気でその中学を目指したいと言っている。菜月は勇気を振り絞って口に出した。でも言ったとたん気後れしてしまい、目が泳ぐ。

「東駒か。いいですね。俊介くんの希望ですか？」

「はい。この学校以外は受けるつもりはないと言っています」

「そうですか」

加地が明るい声を出す。その朗らかな声に引っ張られるように菜月は背筋を伸ばす。

「自分で志望校を決めるのはいいことです。うちに入塾してくるたいていのお子さんは、志望校などほぼありませんから」

「そうなんですか」

「ええ。小学生なんてまだ子どもですから、親御さんに言われてなんとなく入塾するものです。志望校を心に決めて入塾テストを受けるなんて子は、なかなかいませんよ」

東駒か、いいな、と加地が同じ言葉を繰り返す。

「こんなに難しい学校、無謀じゃないでしょうか」

「無謀かどうか、それはいまの時点ではわかりません。授業が始まればわかりますけど、まだ俊介くんを教えていませんから」

「授業が始まればわかるんですか」

「ええ。一か月、いや半月も一緒に勉強をすればわかると思います。合否までは明言できませんが、彼が勉強に向いているかいないかはわかります。戸田さん、東駒の入学試験日は来年の二月です。東駒だと、国語と算数の他に理科と社会も必要となりますが、大丈夫。それまでまだ時間はありますから、とにかく私たちは俊介くんを全力でサポートしていきます」

どちらにしても俊介には伸びしろがある。加地にそう言われ、菜月は決意を固めることができた。中学入試まであと十か月ちょっと。俊介が自分で見つけた目標ならば、できる限り応援したい。

「先生、今日手続きをしたらいつから塾に通えますか」

「来週の春期講習から来てもらえますよ」

『Pアカデミー春期講習申込書』と書かれた用紙を加地がファイルから取り出したので、菜月はその場で申込書に記入し、持って来ていた判子を押した。

朝の八時半、菜月が「かなさき保育園」の駐輪場に自転車を停《と》めていると、花の甘い香りが鼻先をかすめた。なんの香りだろう。春はいいな、と目を細めて園庭を眺める。桜はもうとっくに散ってしまったけれど、いろんな花が次々に咲き、菜月の胸を明るく満たす。

俊介の入塾が決まってから半月後、四月に入ってすぐに菜月も働き始めた。美音が通っていた聾学校の担任の女性教師に「パートを探してるんです」と世間話をしていると、「じゃあ私の知り合いに聞いてみますよ」と言ってくれて、とんとん拍子に保育園の補助員としての採用が決まったのだ。パートとはいえ働くのは十二年ぶりなので、最初のうちは緊張してろくに返事もできなかったが、一か月が経ったいまは子どもたちの名前もほとんどわかるようになっている。

「戸田さん、教室の拭き掃除お願いします。昨日の夕方が忙しかったみたいで、消毒もまだなんですよ」

トレーナーにジャージのズボン、それにエプロンを着けた姿で更衣室から出て行くと、早番の保育士から声がかかる。

「わかりました。幼児クラスからでいいですか」

「はい、お願いしまーす」

年長組の保育室をのぞくと、いつも一番早く登園してくる梨乃《りの》ちゃんが畳コーナーで絵本を読んでいた。菜月は部屋の奥で書きものをしている保育士に、

「おはようございます。拭き掃除と消毒させてもらいますね」

と声をかけてから中に入る。右手に雑巾、左手にアルコール消毒のスプレーを持ち、ドアノブ、蛇口、床、棚、収納ボックスの中のおもちゃを念入りに拭いていく。

六歳児の保育室が終わると次は五歳児の保育室、と年次を下げながら掃除を続けていると、ホールからピアノの音が聞こえてきた。今月はお遊戯会があるので、ピアノ担当の先生がこのところ毎日のように朝練をしている。

いいなあ、ピアノ……。

菜月も知っているアニメ映画のテーマソングに聞き入りながら、小学生の頃、ピアノが弾ける友達に憧れていたことを思い出す。高学年になるとクラスの女子たちが音楽室

のピアノの周りに集まって自分の得意な曲を順番に披露することもあり、弾けない自分は彼女たちのそばでずっと聞き入っていた。ベートーベンの「エリーゼのために」。パッヘルベルの「カノン」。誰もが知る有名な曲を先生よりも上手に弾きこなす子もいて、その華麗な指使いを見ていると羨ましいを通り越し、泣きたいような気持ちになった。ピアノを習いたい。母親にそうお願いしたこともある。けれど母親には鼻で笑われた。ピアノの月謝はそろばんや習字とは比べものにならないくらい高額だと聞かされ、諦めるしかなかった。

その時の残念な気持ちが忘れられず、結婚して妊娠した時は、もし生まれてくる子が女の子だったらピアノを習わせたいと密《ひそ》かに思っていた。手作りした布カバンに、表紙がつるつるした教本を入れてピアノ教室に通わせる。自分に娘ができたなら、ピアノが弾ける女の子になってほしかった。だが一番目に生まれた子どもは男の子で、二番目に生まれた念願の女の子は、耳が聴こえなかった。

這いつくばるようにして床を拭いていたので腰に痛みを感じ、菜月はゆっくりと立ち上がる。体を後ろに反らせるようにして腰を伸ばすと、コキコキという妙な音が聞こえてくる。

「そういうこともあるよね」

菜月は自分に言い聞かせる。夢は夢。理想は理想。願って叶うこともあれば叶わないこともある。美音は聴力こそ不自由だけれど、それ以外は健康に生まれてくれたのだから、それで十分だと思う。

「戸田さーん」

どこからか、自分を呼ぶ声が聞こえてきた。

「はーい」

と年中組の保育室から廊下に顔をのぞかせると、園長の石崎《いしざき》が向こうからやって来るのが見えた。

「ああ、拭き掃除に入ってくれてたんですね」

「はい」

「忙しいところ悪いんだけど、ちょっと職員室に来てもらっていいかしら。契約のことで話があってね」

石崎が笑うと、美音の担任と同じ顔になる。驚いたことに彼女は自分の母親が園長を務める保育園を、菜月に紹介してくれたのだ。

「じゃあちょっと、そこの椅子に座ってもらえるかしら」

石崎に促され、菜月は丸椅子に腰かけた。石崎も近くの椅子を持ってきて向き合うように腰を下ろす。職員室の窓の向こう側が園庭で、幼児組の子どもたちが走り回っているのがよく見えた。

「戸田さんにうちに来てもらってから一か月になるんだけど……どうですか、やっていけそうですか」

パートを開始してから一か月間は試用期間だと聞いていた。もしこのまま継続して雇ってもらえたら、時給は千円から千百円に上がる。

「はい。私のほうは楽しく働かせていただいています」

「そうですか。ではこのままうちで働いてもらえると考えていいですか」

「ありがとうございます。よろしくお願いします」

ほっとしながら菜月は頭を下げた。補助員が自分だけだからか、周りのスタッフも丁寧に仕事を教えてくれる。きつい人がいたら嫌だなと心配していたが、いまのところそんな人も見当たらない。

「それでね、戸田さん。ちょっと相談があるんですけどね」

「はい」

「いまは掃除や洗濯なんかをメインにやってもらってるんですけど、来週からは子どもたちと関わるような仕事もしてもらおうと思ってるんですよ。保育士と一緒に部屋遊びや散歩についてもらったり、保護者対応にも入ってもらおうかと思って」

自分ひとりで判断したわけではない。他の保育士たちとも話し合い、戸田さんに保育にも関わってもらおうということになったのだと、石崎は話す。

「私でよければ、やらせていただきます」

緊張で声が上ずった。自分なんかでいいのかと聞き返したかったが、卑屈に思われそうでやめておく。履歴書に嘘を書いたわけではないのだ。石崎は菜月が中卒だと知っていて、こんなふうに言ってくれている。

「よかった。引き受けてくれてありがとう。戸田さんの子育ての経験は、若い保育士にとってもプラスになると思うんですよ」

来年には定年を迎えるという石崎の目尻に、優しげな皺が刻み込まれる。

「私のほうこそありがたいです」

「そう言ってもらえてなによりよ。それで勤務日なんだけど、いまの平日週三回から週四回に増やすことは可能でしょうか。月に何回かは土曜日も入ってもらって」

午前八時半から午後五時まで週に四日勤務すると、月の収入は十万を超える。それだけあれば塾の費用は十分まかなえる。ただ土曜日も出勤となると、美音と一緒に過ごす時間がいまよりさらに減ってしまう。扶養範囲についても、夫と相談しなければ……。

だがしばらく考えた後、

「やらせていただきます」

菜月ははっきりと答えた。美音は四月から俊介と同じ広綾小学校に入学し、放課後は隣接する学童保育に通っている。学童保育はたしか土曜日も預かってくれるはずだ。美音には申し訳ないが、嵩《かさ》む塾代を捻出するために協力してもらうしかない。

「ありがとう。土曜日の出勤は毎週じゃないから安心してくださいね。土曜預かりの子どもの人数によって変わるんだけど、月に一回、多くても二回くらいだと考えてください」

「わかりました」

「じゃあそういうことで、これからもお願いしますね」

「はい、こちらこそよろしくお願いします」

話が終わると、菜月はまた仕事に戻る。職員室を出たところで、雑巾を握りしめたまま話をしていたことに気づき、そのまま園庭の水道へと向かった。せっかくなので雑巾を洗ってから保育室の掃除に戻るつもりだった。

園庭に出ると園児たちの元気な声がわんわんと耳に響いてきて、小さな子どもは大声を出すのだと当たり前のことをしみじみ思う。ほんの数年前までは俊介も美音もこの園児たちのように、いつも手を差し伸べてやらなくてはいけない存在だったのに……。子どもの成長は思うより早く、その時々で親の役割は変わっていく。

汚れた雑巾を洗いながら、菜月はこの一か月間でPアカデミーに支払った金額を思い返していた。月に四万二千円の授業料に加えて全十回ぶんの模擬試験の代金。さらに六月から始まる日曜特訓講座の費用が、すでに口座から引き落とされている。テキスト代も合計で二万を超え、正直なところ菜月のパート代だけではとてもじゃないが、まかなうことはできなかったのだ。夏休みには夏期講習が始まると聞いている。八月には四泊五日の合宿もあるらしく、このタイミングで仕事が増やせるのはありがたい。いまのペースだとかなりの額の貯金を切り崩さなくてはいけなくなる。

でも菜月は、俊介が塾に通い始めたことに後悔はひとつもなかった。塾があるのは火、木、金、土曜日の週に四回だが、それ以外の日も、俊介は毎日六時間以上勉強している。学校から戻ると休憩することなく自分の部屋に向かい、塾の宿題をしているのだ。だいたい夕方の四時頃から、夜の十一時過ぎまで。夕食を食べる時と風呂に入る時間以外はずっと、机に向かっている。

「こんなに勉強ばかりしていて大丈夫？」

あまりに心配になって、ある日、俊介にそう聞いたことがある。まだ塾に通い始めて二週間くらいの時だったろうか。不安げな菜月に対して俊介は、

「全然平気。むしろ楽しい」

と返してきた。

「勉強が楽しいの？」

「うん。塾の先生がおもしろいことを教えてくれるんだ。たとえばお母さん、これなんのことかわかる？『卵につまずきバッタとコロぶ、カレはカマってほしい秋アカネ』」

「なにそれ」

妙な節がついていたので、菜月は思わずくすりと笑った。

「これは、卵で冬越しする昆虫のことなんだ。バッタ、コオロギ、オビカレハ、カマキリ、アキアカネ。ちなみにスズムシもここに入るんだけどね」

「先生がそんな替え歌を教えてくれるの？」

「そうだよ。理科は猿渡《さるわたり》先生っていうテンション高めの先生。ああ、あとね、こんなのもある。『カブト山、ハッチョウ円のアリカガアブないので、テントをハるゲンさん』は完全変態する昆虫で、カブトムシ、ハチ、チョウ、アリ、カ、ガ、アブ、テントウムシ、ハエ、ゲンゴロウのことだよ」

理科では「呪文」を、算数では「魔法」を習うのだと俊介は言った。いままで見たこともない難問が、その「呪文」や「魔法」を使えばすらすらと解ける。塾は本当にすごいところだ、通えてよかったと興奮気味に話した。

「算数の加地先生がさ、『考えろ。限界まで脳みそを使え。頭から金の角が生えてくるまで考えろ』って言うんだよ」

リビングで宿題をやりながら、俊介がそんなことを口にしたこともあった。

「金の角ってなに？」

と菜月が聞くと、俊介はノートの端に自分の顔を描き、頭に牛の角のような二本の突なんかよくわかんないけど」

「加地先生がいつも言うんだ。頑張る子どもの頭には、金の角が生えてくるんだって。それならきっと、この子の頭にも生えてくるだろう、と。

へえ、と頷きながら、菜月は俊介の柔らかな髪にそっと触れた。それならきっと、この子の頭にも生えてくるだろう、と。

「サッカーが塾に代わっただけだな」

塾通いを始めた俊介の様子を浩一に話すと、彼は嬉しそうに笑っていた。たしかにその通りだと思う。打ち込むものがサッカーから勉強に変わっただけ。俊介自身に悲壮な様子はないし、テストで良い点が返ってくると、それこそシュートが決まった時のように喜んでいる。知識も経験もない中学受験に対する恐れはもちろんあるけれど、それでも塾に入れたことを心底よかったと思っている。息子が熱中できることならなんでもいい。なんだって応援したいと菜月は心を決めていた。

水道の蛇口を閉め、洗い終えた雑巾を絞っているところに、「せんせー」「せんせーいっ」という声が背中側から聞こえてきた。まさか自分が呼ばれているとは思わなかったので、そのまま聞き流していると、

「先生、さっきから呼んでるのに」

と年長組の男の子が背中を叩いてきた。

「え……先生って私のこと？」

「そうだよー。ボール取ってって頼んだのにー」

男の子はそう言って身を屈《かが》めると、水道の下に潜り込んでいたボールを取り出し走り去っていった。そのスピードは突風のようで、「ごめんね」を口にする隙《ひま》もない。

先生、か……。

顔が綻びそうになり、慌てて下を向いた。真面目な顔を作り、雑巾をさらに固く絞る。でも来週から子どもたちと関わるようになれば、ますますそう呼ばれるのかもしれない。

先生、と……。

なんだか照れくさくて、でも嬉しくて、菜月は手話で（せんせい）と呟いてみた。

子どもたちが昼寝に入ったのを見ると、菜月はすぐさま汚れ物を入れるカゴを抱えて廊下に出た。手が空いたこの時間に乳児三クラスと幼児三クラスを順に回り、汚れ物を集めて洗濯機で洗わなくてはいけない。

「今日もすっごい量だねぇ」

各保育室を回って汚れ物をかき集めた後、園庭の裏側に置いてある洗濯機に運んでいると後ろから声をかけられた。振り向くと、保育士の高矢典子《たかやのりこ》が立っている。

だ。


「手伝おっか」

高矢が手を伸ばし、二つ提げているカゴのうち一つを持ってくれる。

「ありがとうございます。でも、いいんですか。子どもたちのそばにいなくて」

「うん大丈夫、浅田《あさだ》先生に任せてきたから。いま遅めの休憩時間なのよ」

高矢はりんご組、三歳児クラスの担任で、年の頃は四十代の後半といったところだろうか。気さくな人柄で、菜月がこの園で働き始めた時からなにかと気にかけてくれる人だ。

「げげっ。全部入りきらないじゃん」

「そうなんですよ、だから二度に分けようと思って。これでもう朝から三度目の洗濯です」

シャワータオルに足ふきタオル、最近は園児の衣類の洗濯サービスまでやっているので、汚れ物は常に大量にある。六十リットルの洗濯機を五度回しても、まだ洗いきれない日もあった。

「戸田さんはどうしてここで働いてるの？　保育園の補助員なんて肉体的にきついでしょ」

菜月が液体洗剤を投入口から入れると、高矢がスイッチを押してくれる。

「知り合いの紹介なんです。仕事も掃除とか洗濯が多いって聞いて、それなら私にもできるかなと思って」

「いまは他にもいろいろやらされてるけどね」

ははは、と笑いながら、高矢は洗濯物を取り入れるのも手伝ってくれた。朝の早い時間に干したぶんがもう乾いている。

「でもそれも楽しいです。保育士さんの仕事を垣間見《かいまみ》れるっていうか」

働き始めてすぐの頃は、ひたすら洗濯と掃除ばかりしていた。幼児はトイレの粗相が多いので一日十回以上はトイレ掃除に入ったし、食事のたびの雑巾がけや、昼寝の後の布団干しといった雑用が中心だった。それから徐々にオムツ交換をしたりと子どもの体に触れる仕事を任せてもらえるようになって、いまではうんちの後のシャワー入れなども手伝っている。

「戸田さんはお子さんいるの？」

花のような洗剤の香りが鼻先をかすめていく。

「はい、います。小六の男の子と小一の女の子です」

「そうなんだねー。私はいないのよ。結婚はしてるんだけど、できなかったんだよ。三十五歳から四十三歳までがっつり不妊治療して、けっこう粘ったんだけど無理で、それで私、保育士になろうかなーって思ったのよね。子ども好きだったから」

気負いなく話しながら、高矢が手早く洗濯物を取りこんでいく。向かい合う菜月と高矢の間に、青色のTシャツがはためいていた。

「四十三歳で保育士になられたんですか」

「そう。正確には四十六歳の時だけどね。四十三歳で保育士になろうかなっていろいろ調べ始めて、実際に資格が取れたのは三年後だったから」

それまでは派遣で事務仕事をしていたのだと、高矢がピンチハンガーに手を伸ばす。

「あの、私ちょっとよくわからないんですけど、保育士の資格って、専門学校とか保育の大学に行かなくていいんですか」

物干《ものほ》し竿《ざお》にかかる最後の洗濯物を取り入れる頃には、全身から汗が噴き出していた。からからに乾いて煎餅のようになった小さなパンツを折り畳む。

「うん、特に専門の学校に行かなくてもなれるよ。試験に通ればいいから、テキスト買って勉強すればいいの。頑張れば、独学でもなんとかなるよ」

とはいえ一度目は一次の筆記試験で不合格になり、二度目のチャレンジで合格したのだ、と高矢が舌を出す。二次試験の実技の時は、ぶるぶる震えて声が裏返っちゃったよ、と笑う。

菜月は「そうなんですか」と相づちを打ちながら、日焼けした高矢の横顔を見つめた。いつもてきぱきと仕事をこなし、子どもたちから慕われ、同僚から頼りにされ、生まれながらの保育士のような彼女がそんな回り道をしていたのかと小さく驚く。

「あの、実技試験ってどういうことをするんですか」

「実技？　んっとねー、ピアノの弾き語りと、お絵描きと、絵本の暗唱だったかな。この三つの中から二つを選ぶのよ。そうそう、弾き語りはピアノじゃなくてもアコーディオンとかギターでもよかったんだよ、たしか。私、絵はほんと苦手だからピアノと絵本の暗唱にしたの」

そう言って頷くと、高矢が突然「アーイアイ、アーイアイ」と歌い出した。目を丸くする菜月の隣で、実技試験で歌った曲なのだとまた笑う。

よく晴れた青空の下、自分の知らない話を聞くことは楽しかった。専業主婦のまま家にいたら、こんなふうに彼女と話すこともなかった。外に働きに出てよかったなと思う。

そろそろ戻るね、と言う高矢に「ありがとうございます」と手伝ってもらった礼を伝えていると、

「あ、京《きょう》ちゃんだ。なにしてんだろ」

園庭に男の子がひとり飛び出してきた。

泣いているのか顔を真っ赤にして頭をぶんぶんと左右に振っている。四歳児クラスで、美音と同じように耳が不自由なその子のことは、菜月もよく知っていた。小さな耳には両方とも補聴器が付けられている。

「京ちゃーん、なにしてんの。いまお昼寝の時間でしょ」

高矢が京ちゃんの後ろから近づいていき、その両肩にそっと手を添えた。とても優しく、壊れ物に触れるかのように高矢は手を置いたのだが、驚いた京ちゃんが頭をのけぞらせさらに大きな泣き声を上げる。

「ごめんごめん、京ちゃん、大丈夫だよ」

高矢が京ちゃんの頭の上から必死に声かけするのを、菜月は少し離れた場所から眺めていた。

音のない世界で生きる子どもは、いつも不安の中にいる。こんな時はしゃがみ込んで目線を合わせ、手を握ってやるのだ。言葉は届かないから、顔を見つめて笑いかけてやるのだ。

「高矢先生、ちょっといいですか」

菜月はそろりそろりと二人に近づくと、京ちゃんの前で両膝を折った。顔を正面からまっすぐに見ながらゆっくりと背中を擦る。お昼寝中に怖い夢でも見たのだろうか。それともふと目を覚ました時に、ここがどこかわからなくなってパニックになったのかもしれない。美音がいまより幼かった頃は、頻繁にそういうことがあった。

苦しそうに喉を鳴らしながら泣き続ける京ちゃんを見ていると、胸が痛くなった。そうだよね。不安だよね。お母さんに会いたい時もあるよね。「お母さん」って叫べないから泣いてるんだよね。耳が聴こえないのは、お喋りできないのは、この保育園で京ちゃんだけなんだもんね……。菜月は柔らかい声で京ちゃんに語りかけた。難聴があっても、その程度が低い子どもは普通の保育園に通うことがある。聾学校の幼稚部は保護者の負担も大きいので、通わせたくても諦める家庭もある。うちはたまたま美音が末っ子で、菜月も専業主婦でいられたから、これまで美音中心の生活を送ってこられただけだ。

「よしよし、いい子いい子。大丈夫、大丈夫」

同じ言葉を歌うように繰り返し口にしながら、京ちゃんの背中を温める。京ちゃんが涙に濡れた目を半分だけうっすら開くと、菜月は笑いかけ、「京ちゃん」と呼んだ。そうすると両方の目がぱちりと開き、京ちゃんの泣き声が徐々に小さくなっていく。

京ちゃんがすっかり泣きやむと、菜月は彼を抱き上げてもも組、四歳児クラスの部屋まで連れて行った。泣き疲れたのか部屋に戻るとすぐに、京ちゃんはなにごともなかったかのように眠ってしまった。

「戸田さん、ありがとうね。助かっちゃった」

「いいえ、すみません。出しゃばってしまって」

「ううん、全然。あの子には手を焼いててねー。言葉が聴こえないからどうすればいいのかわからないのよ。ああいうふうにすればいいのね。学んだわ」

高矢が屈託なく言ってくれたことにほっとして、菜月は頷いた。

「そろそろ休憩が終わるから、私も戻るね」

「あ、おつかれさまです。ありがとうございました、洗濯手伝ってもらって」

「いいのいいの。私が戸田さんと話したかったんだから」

「私とですか?」

どきりとして顔が強張った。どうして私なんかと、と視線がさまよう。

「そうよー。戸田さんってなんか一生懸命だから。園の子どもたちとも本気の笑顔で接してくれるし、言葉にならない声をくみ取ろうとしてくれるでしょ。この人はきっと子どもが大好きなんだろうなって思うと、こっちまで頑張ろうって気になるのよ。自分もなりたくて保育士になったんだから、この仕事頑張らなきゃなって」

オムツ替えを頼んでも、うんちの後、子どものお尻をシャワーで洗い流すのを頼んでも、戸田さんは嫌な顔ひとつしない。子どもと楽しそうに会話しながら世話をしている姿を見ていると、自分よりずっと年上の人と働いているような気がするのだと高矢が笑う。

「戸田さんて保育士に向いてると思うんだよね。戸田さんみたいな人が保育士になってくれたら、子どもたちもあたしたちも嬉しいんだけどな」

じゃあまた、おつかれさま、と高矢が保育室に向かって歩いていく。園庭の裏側からピーピーという洗濯機の電子音が聞こえてきた。洗濯が終わった。干しに行かなくちゃ。そう思いながら、菜月はしばらくその場を動けずにいた。嬉しかったのだ。高矢にあんなふうに褒められ、思いがけず大きな花束をもらったかのようだった。

4

保育園を出るのが遅くなってしまい、美音を迎えに行く時間が六時を過ぎてしまった。菜月は全力で自転車を漕《こ》ぎ、学童保育所の前まで続く銀杏《いちょう》並木を走っていく。

美音が通う学童保育は小学校に隣接し、そのさらに斜め向かい側には認可保育園もあるので、この時間帯は迎えの人や車が忙しく行き来していた。美音は集団下校はせずに毎日こうして菜月が迎えに行くのだが、朝別れて夕方顔を見るまでは常に緊張が続いている。物音が聞こえない美音は、危険を察知する能力が極端に低い。それに、人の話を聞いていない、無視をするといった誤解を受けることが、これまでにも何度かあった。事故やいじめ……。美音が普通学校に通い始めて一か月が経ったいまも、いつなにが起こるかわからないという不安はいつも生活の中心にある。

自転車を駐輪場に置き、正面玄関の扉が開いたところで美音が待っていた。五時になるとほとんどの子どもたちが集団下校するので、いま室内はお迎えを待つ子どもたちが数人残っているだけだった。

（ママ、おかえりなさい）

ピアニカを吹いて遊んでいたのか、玄関のすぐ前の廊下で美音が正座をしていた。ドアを開けてすぐのところに娘がいたのでびっくりする。

「ママが迎えに来たこと、わかったの？」

美音の顔を見つめながら、菜月はゆっくりと唇を動かした。

（美音ね、窓から見てたの。ママまだかなって、迎えに来るのを待ってたの）

ピアニカを床に置いて立ち上がると、美音が両方の手を弾ませる。

学童保育所の敷地には、大きく枝を伸ばしたクスノキが植わっていた。その長く茂った枝が建物の窓を覆っているので、菜月から美音の姿は見えなかったのだ。でもこの子はじっと自分のことを眺めていたのかと思うと、愛《いと》おしさで胸が締めつけられた。菜月にとっても初めてのパートだが、美音にとっても母親がそばにいないのは初めてのことなのだ。

「遅くなってごめんね」

（ううん、ピアニカの練習してたから平気。あとね、遊戯室に卓球台があるの。先生に教えてもらってやってみたら楽しかった。それからね、今日のおやつはプリンで、それがすごくおいしくてね。それからね……）

荷物が置いてある大部屋まで続く廊下を並んで歩きながら、美音が今日一日の出来事を話してくれる。

（ねえママ、今日お兄ちゃんおうちにいる？）

「今日は水曜日だから、いると思うよ。お勉強してるんじゃないかな」

家族が起き出す前の早朝と、学校から帰ってきてから夕食までの時間を、俊介は「カメタイム」と呼んでいる。自分は他の塾生に比べてスタートが遅かった。だからみんながひと休みしている間に遅れを取り戻すしかない。カメがウサギに追いつくには、休息を削るしかない。そんなことを口にしながら、俊介はこの夕方の時間帯に、塾の先生が用意してくれたという四年生と五年生用の復習プリントに取り組んでいた。ぶ厚い束になったそのプリントは、菜月から見れば気が遠くなるほどの量だった。だが俊介は毎日少しずつ、それこそカメの歩みで、プリントの空欄を埋めていった。

（美音ね、お兄ちゃんにピアニカ聴いてほしいの）

「そう。わかった。じゃあお兄ちゃんに頼んであげるね。ご飯を食べ終わったら聴いてもらおうね。美音、自転車の後ろに乗って。ママ抱っこするからね。はい、いっせいのーで」

菜月が美音の体を抱き上げて自転車の後部座席に座らせると、美音が万歳するように両手を上げて嬉しそうに笑った。

「ただいまー」

美音を連れて家に戻る頃には外はすっかり暗くなり、空には月が浮かんでいた。

「俊介？　誰かいらっしゃってるの？」

玄関の三和土《たたき》でパンプスを脱ごうとして、見慣れない靴が置いてあるのが目に入る。子どものものではない、大人の女性用の靴だ。

玄関から続く短い廊下を進み、擦りガラスの嵌《は》まったドアを開けると、浩一の母、光《みつ》枝《え》がダイニングのテーブルの前に座っているのが見えた。思わずため息が出そうになったが、なんとか押しとどめる。そうだった。義母は自分の手に余る不満や心配事があると、こんなふうに前触れもなく現れる人なのだ。「飼い猫が急にご飯を食べなくなった」「近所に住む若夫婦にゴミ出しのことで注意された」「夫の財布から水商売らしき女の名刺が出てきた」これまでもそんな理由で、何度か突然家を訪ねて来たことがある。

「菜月さんお久しぶり。勝手に上がらせてもらってるわよ」

義父が手術を受ける病院に寄ってきたのだと、光枝がテーブルの上の白い用紙を指差した。B5サイズの用紙は手術承諾書で、保証人の欄に浩一の名前を書いてもらえないかと言ってくる。ああそうか、と菜月は納得する。光枝は不安なのだろう。義父の手術や入院を控え、自分の心労を菜月に聞いてもらいたいのだと、突然の訪問の真意を知る。

「保証人は浩一さんでいいですか？　園子《そのこ》さんじゃなくて？」

菜月は、浩一の姉である長女の名前を出した。

「あの子は無理よ。電話してもつかまらないし。……いろいろ忙しいのね、きっと」

浩一の母と義姉はもともと不仲で、義姉が結婚を機に地方へ移ってからはますます疎遠になったと聞いている。だが義父は実の娘を心の拠《よ》り所《どころ》にしているようで、菜月の前では義姉を懐かしむようなことを口にしていた。

「じゃあ浩一さんに書くよう言っておきますね。氏名を記載して捺印《なついん》したら、郵送で送りましょうか。それともお義母《かあ》さんのお宅か病院に直接届けたほうがいいですか」

「そうねぇ……。浩一、今日は何時くらいに帰ってくるの？　もうそろそろなら待っててもいいんだけど。あの子が帰ってきたら、家まで車で送ってくれるだろうし。菜月さん、浩一に連絡して聞いてみて。何時頃に帰ってくるのかって」

「わかりました。じゃあお茶でも飲んで待っていてください」

菜月は光枝にお茶を淹《い》れるため、キッチンに回った。コーヒーかお茶、どちらがいいかと尋ねると、「熱いお茶で」と返ってくる。夫の病気が判明してからは、ゆっくりお茶を飲む時間もなくて、と苦笑している。

「あのね菜月さん、実はもうひとつ話があるのよ」

急須に湯を注ぐ手を止め振り返ると、光枝がリビングのローテーブルで勉強をしていた俊介のほうをちらりと見た。俊介には聞かれたくない話なのだろう。

「俊介、勉強なんだけど、自分の部屋でやってくれないかな？」

「えー、なんで」

「ここでやっても集中できないでしょ。それに、おばあちゃんとお母さんで大事なお話があるのよ」

菜月がそう言うと、俊介は復習プリントを手の中に集め、「わかった」と素直に立ち上がった。俊介がいなくなると、ゴロゴロしていた美音はテレビを点けて、好きなアニメにチャンネルを合わせる。

「実はね、菜月さん。塾のことなんだけど」

ふうっと大きく息を吐き、光枝が菜月の顔をじっと見てくる。

「俊ちゃん、まだ小学六年生でしょう。こんなに早々と塾に行かせなきゃいけないの?」

自分も夫も俊介の塾通いには反対だと、光枝がはっきりと言ってくる。

「でも、俊介が中学受験をしたいって言い出したんです。塾も楽しいみたいで、難しい問題が解けるようになるのが嬉しいって言ってるんですよ」

俊介は塾から帰るとすぐに、その日習った学習内容を菜月の前で話してくれる。教わった算数の技法を使って、複雑な計算問題の答えをわずか数秒で出してくることもある。「お母さん、おれ、勉強がこんなにおもしろいって知らなかった」と興奮気味に話す姿はサッカーで活躍していた時とまるで同じで、この子は打ち込めるものをまた見つけたのだ。菜月は義母に向かってそう説明した。俊介が積極的に塾に通っていることをなんとかわかってもらおうと、これまでの経緯を一つ一つ丁寧に話していく。だが光枝はそんな話にはまるで興味がないのか「ふぅん」と呟き、

「塾代って一年でどれくらいかかるもんなの？」

と眉をひそめたまま聞いてくる。

「受験生の六年生で……百万くらいかと」

もっとかかるかもしれないが、少なめに告げておいた。

「百万？　おおこわー。塾にそんなお金かけてどうするの」

うちは子ども二人とも、一度だって塾になど行かせたことがない。子どもは遊ぶのが仕事なのだから塾なんて可哀《かわい》そうだ。小さい時に我慢を強いられた子どもは性格が歪み、ろくな大人にならない。菜月が言葉を挟む間もなく、光枝が批判的な言葉を重ねてくる。

「そういえば菜月さん、パートに出てるんですって」

「はい」

「働きに出ている間、美音はどうしてるの。さっき俊介に聞いたら、学童がどうとか言ってたけど……。あの子の帰宅時間に間に合うようには、帰って来てるの」

「いえ……俊介の言う通り、美音は学童保育に通っていて、私が仕事を終えてから迎えに行ってるんです」

光枝は菜月の言葉に目を剝《む》くと、「可哀そう」と首を横に振った。まさかこんな時間

まで学童保育に預けているなんて思ってもみなかった、と苦々しい表情で菜月を見つめる。

「美音をほったらかしにしてまでパートに出なきゃいけないの？　私はね、そもそも美音が普通の小学校に通うことも反対だったの。送り迎えやらが大変かもしれないでしょうけど、私は小学校もそのまま聾学校に進んだほうが美音のためなんじゃないかって思ってたのよ。正直なところ、俊介の塾にお金がかかるんでしょう？　だからパートをする時間が欲しいんでしょう？　だったら中学受験なんてしなきゃいいのよ。地元の中学で十分よ。美音にも俊介にも負担をかけて、そんな子育てをしていたら、あなた絶対に後悔するわよ」

子どもたちは楽しくやっている、と繰り返し伝えても、光枝は聞く耳を持たなかった。小学生が塾に通うことなんて、いまは珍しくもないのに。

「私はてっきり菜月さんは母性愛の強い人だと思ってたわ。俊介が生まれてからはちゃんと仕事も辞めたし、家にいて家庭を守ってくれてたのに……子どもたちが可哀そう」

何度も「可哀そう」と責められているうちに、菜月の頭の中でなにかが弾《はじ》け切れるような音がした。自分にしても、美音を学童保育に通わせることにはためらいがあった。でもあの子は日々成長しているし、新しい環境を楽しもうとしている。美音ももちろん大切だ。でも俊介も大切で、お金も必要で、自分が働かなくてはいけなくて……。ようやく折り合いをつけた気持ちを揺さぶられ、どくんどくんと心臓が脈打つ。

可哀そう……。テレビも観ず、ゲームもせず、外で遊んだりもせずに一日五時間も六時間も勉強する俊介は可哀そうなのかもしれない。

可哀そう……。友達との会話もままならない美音を、放課後まで学童保育所に預けるのは可哀そうなのかもしれない。

でも本当に可哀そうなのは、夢を持てない大人になることじゃないだろうか。

自分に自信が持てないことじゃないだろうか。

菜月は、俊介が「塾で勉強したい。中学受験がしたい」と言い出した時、驚いたけれど嬉しかった。戸惑いもしたが、でも息子が目標を持って、それに向かって頑張ろうとしていることが誇らしかった。その頑張りを全力で応援してやりたいと思ったのだ。

「お義母さん、俊介は将来やりたいことがあるらしいんです。それで、自分の夢を叶えるために行きたい中学があるって。私と浩一さんは、それを応援しようと決めたんです」

「そんな、子どもの言うことをうのみにしちゃって。夢なんてね、叶えられる人なんてごくごくわずか、ひと握りなのよ」

「おっしゃる通りだと思います。私も夢なんて、持ったこともありませんでした。十七歳の時から必死でただ働くばかりで……」

高校を中退して就職したリサイクル工場では、荷台に山積みにされてくるパソコンやＯＡ機器などの産業廃棄物や家電などの機械製品を、ドライバーを手に分解した。分解したものはアルミや鉄、プラスチックなどに分別して破砕機にかけるのだが、そこまでが自分の仕事だった。職場の上司や先輩は親切な人ばかりだったし、働くことは嫌いではなかった。けれど十七歳から十年間続けたその仕事は、自分が望んで選んだものではない。

「でも、私はダメだったけれど、俊介には夢があって、もしかしたらその夢を叶えるかもしれません。まだ十一歳なんです。自分がやりたいと願うことを、好きなことを、職業にできるかもしれないんです」

俊介はなにも百万円のおもちゃを買ってくれとねだっているわけではない。勉強がしたい。中学受験に挑戦して、日本で一番難しいといわれている中学校に進学したい。そう言っているだけなのだ。正直なところ、進学塾がこれほど大変だとは思ってもみなかった。十一歳の子どもをここまで残酷に順位づけするのかと呆れることもある。春期講習の最終日のテストで、俊介は全クラス合わせて最下位だった。塾の授業中に行われる小テストでも思うようには点が取れず、ほとんど毎回補講を受けている。でも俊介は入塾してからこの一か月間、一度も弱音を吐くことはなかった。なんとか這い上がろう、遅れを取り戻そうと、食事をとる時間も惜しんで机に向かっている。その姿は、義母が口にする「可哀そう」なものでは、決してない。
「お義母さん、俊介はいま毎日必死で勉強しています。その姿を見ていて私は胸が締めつけられるくらいに感動しています。すごいと思ってるんです。誇らしく思ってるんです。俊介は私の息子です。私が育てているんです。あの子の人生は私が責任を持ちます。だからお願いです、俊介には受験や塾に対して否定的なことを言わないでください。応援してくれとは言いません。でも全力で頑張る俊介に、沿道から石を投げるようなことはしないでください」

途中から気持ちを抑えることができなくなり、涙が滲んできた。光枝に歯向かうのは、浩一と結婚して以来、これが初めてだった。

光枝は唇を固く結び、なにも言葉を発さず黙っていたが、やがて椅子から立ち上がりそのまま玄関に向かっていく。従順だった嫁の反抗的な態度に呆れ、怒り、許せないのだろうとその背中を見て思った。

よく言った、と菜月は心の中で呟く。自分の思いを、本心をきちんと伝えることができた。わが子を守るために強くなったと自分を褒める。高校を中退した時の悲しさや口《く》惜《や》しさは、いまこうしてわが子の盾になるために必要だったのかもしれない。

手の甲で涙を拭っていると、美音が菜月の腰にしがみついてきた。母と祖母のやりとりを、息を殺して見ていたのだろう。声は聴こえなくても、二人が烈《はげ》しくやり合っていたことはわかったはずだから。

玄関のドアが閉まる音が聞こえてから、菜月は美音をぎゅっと抱きしめた。「大丈夫よ。びっくりさせてごめんね」とその目を見つめて伝えると、美音と手を繋《つな》いでリビングを出た。足音を忍ばせて廊下を歩き、俊介の部屋のドアをそっと開ける。目の前には俊介の丸まった背中があり、机上を照らすライトに潜り込むような姿勢で一心不乱に問題を解いていた。

光枝に切った啖呵《たんか》が聞こえていたら恥ずかしいなと思っていたので、菜月はほっとする。勉強に集中している時の俊介は、菜月が呼ぶ声にも反応しないことがある。リビングで言い合う声は届いていなかったのだろう。

結果がどうであれ、俊介も私もこの戦いを最後まで諦めずにやり遂げる。

そう心に決めて、リビングに戻ろうとしたその時だった。

「お母さん」

俊介が椅子ごとくるりと振り返り、呼び止めてくる。

「なに?」

平静を装い、首を傾げる。

「おばあちゃん帰った?」

「うん、いまさっきね」

「なんかいろいろ言われてたね」

「……聞こえてたの」

「あたりまえじゃん。お母さんの声、大きすぎだし」

その言い方に、思わずふっと笑ってしまった。菜月が光枝にあんな口を利くのは初めてで、俊介もさぞ驚いたことだろう。

「おばあちゃん、怒らせちゃった」

菜月が投げやりに言うと、

「いいじゃん。お母さんはまちがってなかったし」

と今度は俊介が小さく笑った。二人で目を合わせて笑っているうちに、理由もなくまた涙が出てきて、でも心は晴れてすっきりしている。

「お母さんはさぁ」

「うん？」

目尻の涙を小指で拭う菜月の顔を、俊介がじっと見てきた。笑顔は消えている。

「十七歳から働いてたんだね。おれ知らなかった」

「……うん。……言ってなかったしね」

「あのさお母さん、いまからでも遅くないんじゃない？」

「なにが」

意味がわからず聞き返すと、俊介の口元がきゅっと引き締まる。

「お母さんさぁ、いまから夢を持てばいいじゃん。お母さんのやりたいこと、なんかないの?」

「お母さんの……やりたいこと?」

私のやりたいこと……。

夢……?

次の誕生日で三十八歳になる自分が夢を持つなんてことができるのだろうかと、俊介の顔をぼんやりと見つめる。

もしチャンスがあるならどんな仕事をしたいか——。

そういえば二十代の頃まではそんなことを考えたような気もする。でももう昔のことすぎて忘れてしまった。忘れたことが少し悲しい。

俊介と目を合わせたまま無言でいると、パンッと手のひらを打つ音がした。振り返れば不機嫌な顔をした美音がドアのそばに立っている。

(ママっ、お腹すいたっ)

唇を尖らせる美音に「ごめんごめん、すぐ準備するね」と笑いかけると、美音が菜月の手をつかんでぎゅっと強く握ってきた。その手のひらの感触が昼間の出来事を思い出させる。泣きじゃくる京ちゃんの、柔らかくて小さな手の温かさが蘇ってきた。煎餅のようにパリパリに乾いた子どもたちのパンツ。風にはためく小さな青いTシャツ。日に焼けた高矢先生の横顔。空を仰いで悲しげに泣く京ちゃんの姿。

晴れた青空の下で目にした眩《まばゆ》い光が、まぶたの裏に浮かんできた。

私の新しい世界――。

急に口をつぐんだ菜月を見上げ、

（ママどうしたの）

と美音が聞いてきた。俊介も眉を下げてこっちを見ている。その不安げな子どもたちの顔に、菜月は笑顔を返す。

入学式からの数日間、美音は髪をまっすぐに下ろして登校していた。耳に付けた補聴器をクラスメイトに見られないよう隠すためだ。でもいまは髪を束ねることも三つ編みにすることも怖れずに学校に通っている。俊介の部屋からは毎朝五時になるときまって目覚まし時計のベルがなる。遅れを取り戻すため、俊介だけに特別に出された宿題をこなすためだ。早起きが大の苦手だった息子が、自分の力で起きている。

春を迎えてからの一か月間、頑張る子どもたちを見ていると、自分もまだやれることがあるんじゃないかと思えてきた。自分の可能性を語れるのは自分しかいない。そんな当たり前のことを子どもたちが教えてくれる。

俊介が開けた中学受験という新しい扉は、菜月が想像もしなかった別の場所へと続いていた。

「あのね俊介、美音。お母さん、いまからお勉強して、保育園の先生になろうかな。お母さんが高校生の時にね、とてもいい先生に出会ったの。お母さんが高校をやめなくちゃいけなくなった時、その先生が最後まで応援してくれて……。お母さん、その時に、先生ってすごいなって思ったんだ。先生っていいな、って……」

突然なにを言い出すのだという顔で子どもたちは菜月を見ていたが、すぐに兄妹で顔を見合わせ、にやりと笑い合う。菜月は自分が口にした言葉に胸が高鳴り、しばらく呆然としてしまった。そんな菜月の顔を見上げ、

「ママ、保育園の先生！　いいねっ！」

美音が口を大きく開き、はっきりと言葉を出す。発声を恥ずかしがって訓練以外の場所では喋ってくれない美音の可愛らしい声が大きく響く。

「うん、いいと思う。お母さんが先生って、なんかぴったりな気がする」

俊介に言われると、また泣きたくなった。

自分を見つめる子どもたちの目を見返しながら、ふと思う。十七歳の時になにもかも諦めた気になっていたけれど、本当にそうだったのだろうか、と。あれから自分はなにも手にしてこなかったわけではない。家族を懸命に守ってきた。かつて未来を手放したこの手に、いまは大切なものがたくさん入っている。そんなことを、いまこの年齢にな

ってようやく気づいた。

「ママも、お兄ちゃんも、ヨーイドン！」

となぜか美音がかけっこの合図を口にする。腹の底から出ている美音の声に心が震える。

「ヨーイドン！」

菜月も美音を真似《まね》て、大きな声で口にした。

俊介と美音が、身を捩《よじ》って嬉しそうに笑っている。

大切なものを手の中に握りしめながらヨーイドン、私はまた走り出した。

第二章　自分史上最高の夏

1

真夏の太陽が照りつけてくる。八歳の俊介はその強い日射《ひざ》しにじりじりと焼かれながら、ぼんやりと立ち尽くしていた。

周りの音が聞こえなくなって、目は開いているはずなのに、なにも見えていなかった。高い熱を出した時のように遠ざかっていく意識を引きとめたのは、風の匂いだ。牧場から流れてくる鼻と喉を刺激する匂いのおかげで、俊介は自分の心をなんとか地上に繋ぎとめていた。

手のひらに、湿った冷たいものが触れて振り返ると、

(お兄ちゃん?)

美音が口をぽかんと開けてすぐそばに立っている。胸にウサギのアップリケがついた、ピンク色の水着。自分を見上げるまだ三歳の美音の顔は、赤ちゃんの頃と変わらない幼さだった。

いまから四年前の夏の日、俊介は家族で牧場を訪れていた。幼馴染の征ちゃんのおじ

いちゃんが栃木で牧場を営んでいて、招待してもらったのだ。

牧場には牛がたくさんいて、搾りたての新鮮な牛乳を飲ませてもらった。なにより楽しかったのは、牧草地のすぐそばに置いてある大きなビニールプールで、征ちゃん兄弟と美音の四人で水遊びをしたことだった。

でもこの日の記憶は、楽しいだけでは終わらない。

あれはプール遊びの最中、家から持ってきていた水鉄砲を取りに一人で母屋に戻った時だった。全身から水滴を滴らせた俊介は玄関ではなく、居間に続く広い縁側からお母さんを呼ぼうとして、そこで大人たちの話を聞いてしまった。

それは、俊介が一度も聞いたことのない話だった。

頭の中が真っ白になった。

これまで柔らかくて温かいものが詰まっていた場所に、硬く冷たいものを刺しこまれたような衝撃だった。

俊介は、水鉄砲を取りに来たことなど忘れ、来た道を戻った。

でもビニールプールには向かわず、気がつけばふらふらと牛舎のあるほうへと歩いていた。そして途中で足が動かなくなって、その場で突っ立っていると、

（お兄ちゃん？）

と美音に手を引っ張られたのだ。

俊介はその手をとっさに払い、美音から逃げるように農道へ飛び出した。その瞬間、地響きのような振動とともに、これまで聞いたことのない重いエンジン音がすることに気づいた。音のするほうに目をやると、砂埃《すなぼこり》を立てて農道を走る一台のトラクターが見えた。戦隊アニメに出てくるような真っ赤なトラクターだった。トラクターをあれほど近くで見たのは初めてだったので、一瞬、見惚《みと》れてしまった。でもすぐに背筋が冷たくなった。両腕がざっと粟立《あわだ》つ。

トラクターの進行方向に、美音が立っていたからだ。

俊介を追って外に出たのだろう。美音がおぼつかない足取りで農道の端を歩いている。

「美音、危ない！　そこを動くなっ」

俊介は叫びながら、美音のもとへ走った。美音の耳に自分の声が届かないことはわかっていた。それでも叫ばずにはいられなかった。

「美音、そこにいろよ！　動くなよっ」

トラクターの運転席は高い位置にあるので、小さな美音は死角に入っているかもしれない。自分の背丈ほどある巨大なタイヤが数メートルほど先に見え、あと数秒でトラクターが美音の横を通過する、その時だった。

美音が俊介の顔を見ながら、こっちに向かって駆け出してきた。

トラクターのすぐ前を横切って――。

「美音来るなっ。危ないっ」

叫び声がけたたましいブレーキ音にかき消された瞬間、巨大な隕石《いんせき》でも落ちてきたかのような振動が地面から伝わってきた。

「どうしたのっ、なにがあったのっ」

いつのまに目をつぶっていたのか。次に気づいた時にはお母さんの白い顔が、俊介のすぐ目の前にあった。赤いトラクターは数メートル先で巨大なタイヤを回転させたまま、まるで象のようにひっくり返っていた。


「お兄ちゃん、お兄ちゃんっ」

肩を揺すられて目を開けると、最近ちょっとだけお姉さんらしくなった美音が、俊介の顔をのぞきこんでいた。

「お兄ちゃん、どうして泣いてるの？」

と美音が眉を下げて聞いてくる。慌てて勉強机から顔を離し、上半身を起こす。ふと目を落とすと、開いていたノートに涙が滲んでいた。

よかった、夢だ……。おれは夢を見ていたんだ。うっかり眠っていたようで、解読不能な文字がノートにうねっている。

「お兄ちゃん、聴いててね」

ドードーソーソーラーラーソ

ファーファーミーミーレーレードー

絨毯《じゅうたん》の上にカエル座りをし、たどたどしい指使いでピアニカの鍵盤を押す美音の姿に、ほっと息を吐く。牧場の匂いやトラクターのエンジン音まで再現された生々しい夢のせいで、まだ心臓がどきどきしている。クーラーを切っていたからか、全身に汗をびっしょりかいていた。

あの日、美音に気づいたトラクターの運転手は、ぎりぎりのところでハンドルを大きく切った。急旋回したそのトラクターは畑の段差に乗り上げ、バランスを崩し、そのまま横に倒れた。運転手は車体に足を挟み、右足を骨折するという大怪我を負い、でもその咄嗟《とっさ》の判断のおかげで美音は無傷ですんだ。

「どう、お兄ちゃん？　美音、ちゃんと、弾けてる？」

きらきら星を一曲弾き終え、美音が不安そうに聞いてくる。これまではほとんど発声することがなかった美音が、最近は声を出すようになった。本人は恥ずかしがっているけれど、可愛い声だと俊介は思う。

「うん、弾けてる。上手だ」

「じゃあ次。ちゃんと聴いててね」

ミーレドレ　ミ　ミ　ミ

レ　レ　レ　ミ　ソ　ソ

トラクターを運転していたのは征ちゃんのおじいちゃんだった。美音のせいで大怪我をしたというのに、そのおじいちゃんも、征ちゃんの両親も、俊介や美音を叱らず「大事故にならなくて本当によかった」「美音ちゃんが無事でなによりだ」と言ってくれた。その夏、俊介たち家族は手術を受けたおじいちゃんのお見舞いに、栃木の病院まで何度か足を運んだ。おじいちゃんは秋になる頃に退院し、リハビリを頑張り、いまはまた元気に作業をしていると聞いた。

「美音、お兄ちゃんの勉強の邪魔しちゃだめよ」

メリーさんのひつじの演奏の途中でドアが開き、お母さんが顔をのぞかせてくる。だが美音はまったく気にすることなく最後まで曲を弾き続け、一度も間違うことなく演奏を終えた。俊介は「すごい。完璧じゃん」と美音に向かって親指を立てる。本当に完璧だった。美音はなんでもできる。やる気も根気も、七歳とは思えないほどある。ただ耳が聴こえないぶん、他の子どもの何倍も頑張らないといけない。

「じゃあお兄ちゃん。バイバーイ」

「バイバイ。また後でな」

美音とお母さんが部屋から出ていくと、俊介はまた机に向かった。

今月に入ってすぐに、塾のクラスが上がった。C組からB組へ。入塾してたった三か月で上のクラスに行けるなんてすごい、とお母さんは喜んでくれたけれど、俊介はそれほど嬉しくなかった。倫太郎が自分より一か月も早い六月に、B組に上がっていたからだ。

よし、いまから塾の小テストで間違った算数の問題を解くぞ。習った解法を使えばできるはずだ。居眠りのせいでぼやっとしていた頭を左右に振って、気合を入れ直す。加地先生から、最難関校の算数は作業をさせる問題が多いと言われていた。手を動かすのを面倒くさがるなと、毎度のように注意されている。俊介が受ける東駒の算数は、小問で使える時間が一問あたり七十七・一秒しかない。だから、問題を一目見た瞬間から手を動かさなくてはいけない。最難関校の算数を解くのに必要なのは判断力、計算力、処理力。ひらめきと経験が算数には大切で、入試までに繰り返し問題を解いて、速度を上げていくのがいまの課題だ。

百均で買ってもらったキッチンタイマーを七十七秒にセットして、一問一問、集中力を保ちながら問題をクリアしていく。集中力が高まると頭の中が熱くなってくるのを感じる。脳みそが沸き立つようで、でもその熱さが俊介のテンションを上げていく。

時間を忘れてただひたすら問題を解いていると、「俊介、ご飯食べなさい」とお母さんが部屋に入ってきた。「いったん休憩したら？　もう三時間以上もやってるじゃない」と言われ、壁に掛かっている時計を見ると、いつしか八時を過ぎている。

「わかった。ご飯食べるよ」

同じ姿勢で座り続けていたせいか、椅子から立ち上がると腰の骨が変な音を立てた。首や肩も痛い。サッカーをやっていた時も体が痛いことはあったけれど、その痛みとはちょっと違う。この痛みがいわゆる「肩こり」だと判明した時は、びっくりした。肩こりなんておじさんやおばさんがなるものだと思っていたから。

「ねえ、お兄ちゃん、聴いててね」

俊介が夕ご飯を食べている間、美音はリビングでピアニカを鳴らしていた。もうお風呂にも入ったのか、パジャマ姿で練習をしている。俊介が勉強している間は、お母さんにストップをかけられていたのだろう。やっと弾かせてもらった、という感じで嬉しそうに鍵盤に向かっている。吹き口をくわえた美音のほっぺたが、空気を含んで風船のように膨らんでいた。

「ごめんね、うるさくて落ち着かないでしょ？　八月に、美音の学童保育で夏祭りがあるのよ。その時にピアニカで演奏会をするらしくてね」

お母さんが微笑《ほほえ》みながら、コップにお茶を注いでくれる。夕食のメニューはハンバーグとハム入りポテトサラダ。それにコーンポタージュスープがついていて、どれも俊介の好物ばかりだ。

「学童ってお祭りなんかあるんだ」

「そうなの。一緒に演奏させてもらえるとは思ってなかったんだけど、学童の先生が誘ってくれたのよ。美音、それが嬉しかったみたいでね、他の子に迷惑をかけられないからって、はりきってるの」

お母さんは笑顔のまま目を細め、吹き口をくわえる美音をじっと見守っている。きらきら星を最後まで弾き終えると、美音が顔を上げ、なにか言ってほしそうな表情でこっちを見てきた。

「上手い。一度も間違わなかったじゃん」

俊介が褒めてやると勢いよく立ち上がり、お母さんに駆け寄る。

「お母さん、スマホ貸して」

「スマホ？　どうして」

「お兄ちゃんにあれ、聴かせてあげるから」

お母さんが「ああ、そういうこと」とリビングのソファの上に置いていた自分のバッグの中をさぐり、スマホを取り出した。

「お兄ちゃん、これ聴いててね」

お母さんから奪うようにスマホを手にすると、美音がすぐそばまで寄ってきて、人差し指でなにかを入力した。

「なに？」

と俊介が画面をのぞきこむのと同時に、

『お兄ちゃん』

とスマホから音声が聞こえてくる。

『私が弾いたのは、きらきら星とメリーさんのひつじです。聴いてくれて、ありがとうございます』

美音が俊介の反応をうかがってくる。

「入力した文字が、自動で音声に変換されるの。そういうアプリがあって……。今日ね、学童の先生に、使ってみたらどうかって提案されたのよ」

学校にも学童にも手話ができる指導者がいないからね、とお母さんが顔を曇らせる。

「いいんじゃない」

スマホに文字を入力するのは面倒だけど、筆談よりはずっと早い。

「そう？　お母さんも、この音声認識アプリのことは前から知ってたのよ。でも美音には手話をきちんと憶えてほしかったし、最近は積極的に発声もするようになってきたのに……」

アプリには、すでに登録されている定型文をそのまま音声に変換する機能もある。それを利用することで、美音が自分の頭で文章を考える努力をしなくなるんじゃないか。お母さんは、それを心配しているらしい。

「美音はすごく努力してるよ。これくらい使ってもいいと思う。このアプリがあったら学校の友達とも簡単にやりとりできるし、絶対に楽しいって」

美音は生まれてからずっと音のない世界で生きている。それがどんな世界なのか、これまで何度となく繰り返し想像はしてきたけれど、結局はわからない。でも、美音が自分たちより大変な場所で生きていることはわかる。生まれた時から今日まで、美音は頑張ってきた。努力だらけの人生だ。だからアプリを使って美音が楽しく過ごせるのなら、それが一番だと思う。

「そうね。お兄ちゃんの言うとおりだね。美音はいままでもずっと頑張ってきたんだもんね」

明日にでも美音専用のスマホを買いにいくわ、とお母さんが俊介の肩に手を置いた。俊介が「よぶんにお金がかかるけど」と言うと、「それよー」と困り顔で笑い返してくる。

『では、もう一度メリーさんのひつじをえんそうします』

笑い合っているところにスマホが突然話し出し、美音が吹き口をくわえた。この音声認識アプリで、きっと友達とのやりとりももっとスムーズになるだろう。

でも、だからといって美音に聴力が戻ったわけではない。

「どうしたの俊介、怖い顔しちゃって」

「え……別に。音が聴こえないのに上手く弾くもんだなあと思って」

「そういえば、ベートーベンも耳が聴こえなかったんだって」

「違うよ、お母さん。ベートーベンの耳が悪くなったのは大人になってからだよ。小さい頃はちゃんと聴こえてたんだ。ごちそうさま、もうそろそろ勉強するよ」

空になった食器を台所の流しに持っていきながら、リビングでピアニカを弾き続ける美音を振り返る。曲はちゃんと弾けているのに、でもその音が美音には聴こえないのだと思うと不思議だった。きらきら星も、メリーさんのひつじも、美音にはそのメロディーがどんなものかは永遠にわからない。

美音の耳が聴こえないのは俊介のせいだ。

そしてそのことを、お父さんもお母さんも知っていて、なにも言わない。

2

塾の教室は冷房が強すぎて、午後の授業が始まってすぐお腹が痛くなった。

「先生、トイレ行ってきていいですか」

俊介は勇気を出して、右手を耳の辺りまで挙げる。

「ああ、行ってこい」

ホワイトボードに黒の水性マーカーで大きな三角形を描きながら、加地先生が後ろを振り返らずに言ってくる。俊介はできるだけ足音を立てずに教室の後ろの扉から廊下に出た。トイレは廊下の一番端にある。個室に入り、洋式トイレの便座に腰掛け「はーっ」と息を吐くと、ぶるると体が震えた。

夏休みと同時に開講された夏期講習は、十二日目の今日、七月三十一日でいったん区切りを迎える。でも明日からは夏合宿がスタートするので、六年生の夏に休息はない。

下腹に力を込めて思いきり力むと、お腹の痛みが増したような気がした。ただ便秘とか下痢とか、そういうお腹の病気ではなさそうで、これ以上便座に座っていても治りそうもない。俊介は諦めて水を流すと、腰を浮かせて便座から立ち上がった。脛《すね》の辺りまでずり下ろしていたズボンを穿《は》き直し、このまま授業が終わるまで我慢しようと覚悟を決める。

トイレから出ると、まだ痛む下腹に右手を添えたまま廊下を走った。B組の教室に近づくにつれて加地先生の声がはっきりと聞こえてくる。

「じゃあいまから先週やった『ベンツ切り』の解法を使って演習するぞ。テキストの十二ページを開いて。いいか、頭から角が生えてくるまで考えろよ。まずは三角形にベンツのエンブレムのような線を引いて、と」

教室の後ろの扉を開けると何人かの生徒がちらりと俊介を見たが、B組に上がったばかりなので倫太郎以外の名前を知らない。倫太郎は一番前の席に座っていて、俊介が教室に戻ってきたことに気づかないくらい集中している。

「俊介、平気か」

加地先生が声をかけてきたので、「はい」と頷く。もうこっちを見てくる生徒はひとりもおらず、誰もが眉間に力を込めて演習問題に取り組んでいた。

「よし。授業はここまで。じゃあいまから次回までの宿題を配るからな」

授業終了のチャイムが鳴ると同時に、加地先生が宿題の束を一人一人に配り始めた。

「うえっ、なんだこの量」とか「重っ」とか「厚さ三センチ！」という声があちこちで上がる。

「誰だ、冊子の厚み計ってるやつ。そんなことしてもやる気が失《う》せるだけだぞ。ほい、俊介」

加地先生が俊介の机の上に、宿題の束を置いた。たしかに、こんなのいつやるの、とげんなりする量だ。でも今年の夏は家族旅行を中止にするとお父さんが言っていた。俊介が受験生だからということもあるが、塾の八月分の支払いが、夏期講習と夏合宿を合わせて十七万六千円になるからというのがその理由だった。それだけお金を出してもらったのだ。頑張らないわけにはいかない。

「じゃあこのまま席に着いて、担任の猿渡先生を待ってるように。あと宿題は盆明けの、夏期講習の第二弾がスタートした時に提出すること。できてない者は否応なく居残り。有無を言わさず補講。以上」

　A組を担任している加地先生が教材を脇に挟み、ゆったりと教室を出ていく。夏合宿の前日となる今日は、合宿のクラスが発表されることになっていた。クラスを決める六月の模試結果はこれまでで一番良かったので、ひそかに上位クラスに入れるのではないかと期待している。

「あのさ俊介、夏合宿のホテルが二つあるって知ってた？」

　本当に三センチもあるのか、と定規を取り出して宿題の束の厚みを計っていると、倫太郎がすぐ近くにやってきた。

「ホテルが二つ？　どういうこと」

　夏期合宿は四泊五日だと聞いているが、一、二泊目はAホテル、二、三泊目はBホテルといったふうに移動するということなのだろうか。

「ううん、夏合宿って、夏前の模試の結果でクラスが分かれるじゃん？　でもさ、クラスだけじゃなくてホテルも成績で分けられるんだって。まあA組は、ほぼ全員が上位のホテル。C組もほとんどが下位のホテル。でもB組は、上と下のホテルに半々くらいに分けられるんだって」

「まじ？　倫はなんでそんなこと知ってんの」

「ぼくのお兄ちゃんがPアカに通ってたから……」

お兄ちゃんは四年生からずっとA組だったんだけど、と倫太郎が眉をひそめる。「あとね俊介、『夏期合宿のしおり』の色が重要なんだって。ホテルによってしおりの色が違うらしいんだ。あ、やばい、猿ちゃん来た」

教室の前方から猿渡先生が入ってくると、倫太郎は小走りで自分の席に戻っていった。猿渡先生は『Pアカデミー』とロゴの入った白い紙袋を前列端の空席に置くと、中から冊子の束を取り出した。理科を教えている猿渡先生は、見た目が若い。時々キレることもあるけれど授業はギャグ満載で、男子からの人気が高い。

「みんないいかな。お待ちかねの夏合宿の説明をするよ」

倫太郎が言った通り、しおりには水色と黄色の二色があった。黄色のほうが少し、量が多い。上位と下位。自分はどちらに振り分けられるのだろう。

「じゃあいまから夏合宿の注意事項なんかが書かれたしおりを配るんで、名前を呼ばれた人から取りにきて」

猿渡先生の手から、水色と黄色のしおりが次々に手渡されていく。

「戸田俊介くん」

「はい」

俊介が渡されたのは水色のしおりだった。表紙には『グランドホテル満月』と印刷されているが、それが上位組のホテルか下位組なのかはわからない。「穂村くん」と名前を呼ばれ、倫太郎が俊介と同じ水色のしおりを手にした。

「じゃあちょっと、いま配ったしおりを見てください。表紙に記載されてるホテルが、みんなの宿泊先になるから。黄色のしおりの人は『シーサイド・アークホテル』。水色のしおりの人は『グランドホテル満月』。ほんとはみんな同じホテルに宿泊できたらいいんだけど、他教室も含めてPアカデミーの六年生は全員で四百人近くいるから、こうして二分割することになったんだ。三ページ目からは合宿中のクラスと班、部屋番号と班の担任の名前が記されてるんで、自分の名前の部分にマーカーを引いておいて。あと、毎年なぜか事前に、ホテルに出没する幽霊の情報なんかを集めてくる人がいるけど、そういうのは時間の無駄だからやめろよー」

五十音順に並んでいる名前はフルネームではなく、姓と、下の名前の最初の一字のみがカタカナで記載されていた。「戸田俊介」なら「トダ・シ」となり、「穂村倫太郎」であれば「ホムラ・リ」となっている。誰がどのクラスに入ったのかを、わかりにくくするためだろう。でも保護者にはわからなくても、塾の生徒なら知った名前をすぐに発見できる。

俊介は逸《はや》る気持ちで夕行の欄を目で追った。もしPアカ新宿校のトップ、宝山美乃里《たからやまみのり》が同じホテルなら、水色のしおりが上位組ということだ。宝山はPアカの全体模試で常にベスト二十位に入るという、天才メガネ女子だった。

よしっ。しおりの中に「タカラヤマ・ミ」という文字を見つけ、思わずガッツポーズを作る。宝山は6組に入っているので、そこが一番成績の良いクラスということだ。

猿渡先生から合宿に関する説明が終わると、ようやく解散になった。もう七時を過ぎていて、夏とはいえさすがに日が暮れている。教室の窓から見える、ビルだらけの街の明かりが輝いていた。

「合宿のクラス同じだったね。俊介と一緒でほんとよかったよ、知ってる人が誰もいなかったらどうしようかと思ってたんだ」

並んでB組の教室を出ながら、倫太郎が笑いかけてくる。クラスはホテルごとに六つに分かれていて、俊介と倫太郎は1組だった。

「おお。クラスも部屋も一緒なんて、おれら縁があるのかも。東駒にも一緒に行けたらなぁ」

塾生たちで押《お》しくら饅頭《まんじゅう》のような状態になったビルのエレベーターに、二人で乗り込む。元気が残っている時は階段を使うのだけれど、今日は完全に電池切れだ。

「つまりぼくらは、上位ホテル組の最下位クラスってことだよね」

倫太郎が俊介だけに聞こえる声で、そう囁《ささや》いてくる。「1組かぁ……」と倫太郎があからさまにがっかりするので、その落ち込みに引きずられそうになる。

倫太郎と駅に向かって歩いている間、俊介はずっと黙っていた。倫太郎も話しかけてはこない。すれ違う大人たちの顔にも一日の疲れが滲んでいた。

上位ホテル組の最下位クラス。この位置から東京で一番難しい中学校を目指すのは、なかなか厳しい。夏期講習用のテキストと宿題の束、それに弁当箱や水筒を詰め込んだリュックは重く、歩いているとついつい前かがみになってしまう。

「俊介は志望校変えないの？　東駒のまま？」

駅が見えてくると、俯いて歩いていた倫太郎が顔を上げた。

「うん、変えないけど。倫は？」

「ぼくも変えない。いまの偏差値だとまだまだ厳しいけど、変えるつもりはない。東駒に行きたいんだ」

倫太郎が俊介の目を見て、小さく頷く。

トレセンの選抜に落選した日も、俊介は倫太郎と二人で帰った。その夕暮れの帰り道で、倫太郎から「ぼく、中学受験をするんだ」と告白されたのだ。日本で最も偏差値が高い東栄大学附属駒込中学校。それが倫太郎が目指す中学だった。

「なんでその学校に行きたいの？」

そう尋ねた俊介に、倫太郎は「勉強を限界まで頑張りたいから」と返してきた。

「限界まで頑張ったら、どうなるんだ」

俊介は倫太郎がなにを言っているのか、よくわからなかった。勉強は限界までするものなのか。学校の授業を受けて、その日の宿題をすれば、それで終わりなんじゃないのか、と。

「限界まで頑張れば、見たことのない景色に出合うことができる、自分自身が想像もしなかった場所まで行けるって、うちのお父さんは言うんだ。飛行機が時速二百キロ超のスピードで滑走路を走るといつしか空を飛んでいるように、人間だって限界まで走ればどこか違う場所にたどり着ける。生き方が変わるって、お父さんに教えられたんだ。ぼくはサッカーでは限界までいけそうもない。だから勉強をしてみようかなって思ったんだ」

「生き方が変わる……」

俊介は自分の頭の中でなにかが光った気がした。それはまるで空を飛ぶ飛行機のライトのように、遠く小さな、でも胸をときめかせる光だった。

「あ、あのさ倫、そのトーエイなんとかって学校、どこにあんの？」

「東京だよ」

「それは、誰でも行ける学校なのか」

「誰でもは無理だよ。都内で一番偏差値が高い学校なんだ。入学試験に合格しないと」

「そこは他の学校となにが違うんだ？」

「なにが違うって言われても……。ああ、ぼくパンフレット持ってるよ。よかったら一つあげよっか？　お母さんが二つももらってきてるから」

「うん、ちょうだい。おれにもトーエイのパンフレット見せてくれ」

俊介は力いっぱい頷いていた。


トレセンに落ちた日のことを思い出しながら、同じ電車に乗り込み、倫太郎が俊介より二駅前で降りる。ホームに立った倫太郎に「じゃあまた明日な」と声をかけると、

「俊介」

と息がかかるほど近くまで寄ってきた。歩きながら食べていたブドウ味のグミの匂いが、鼻先を甘くかすめる。ドアが閉まります、とアナウンスが流れるのを気にもせずに倫太郎はさらに顔を近づけると、

「合宿、頑張ろうね」

と両目を潤ませ言ってきた。

「おうっ、頑張ろうぜ」

「死ぬほど勉強して、最後は6組の生徒に追いつこうね」

慌てて走り寄ってきた駅員に腕をつかまれ、倫太郎が白線の内側までずるずると引っ張られていく。いつもはおとなしい倫太郎のそんな大胆な行動に、ぐっと力が湧いてく

る。倫も必死なんだ。そうだよ、おれだって必死だ。死ぬほど勉強して、最後は6組の生徒に追いつく。そして追い抜く。そうだ、それしかない。駅員に腕をつかまれながら倫太郎が片手を振ってきたので、閉まっていくドアに向かって大きく手を振り返した。

　電車がゆっくりと動き出し、窓の外の景色も流れていく。朝から夕方まで、わずかな休憩時間以外はずっと机の前に座っていたので、体中の関節が痛くて、油の切れた古い機械のようになっている。サッカーの時とは違う、でも心地よい疲れだ。一日全力で闘った後の疲労は、それほど悪くない。

　ドアのそばに立ったままぼんやりと外の景色を眺めていると、ナイター照明に照らされたルミナスの練習場がぼんやり遠くに見えてくる。手のひらほどの土色の空間が、夜の街並みの向こうに浮かんでいる。五歳から十一歳まで、あの空間は自分にとってとても大事な場所だった。あそこで仲間と一緒にボールを蹴って、走って、跳んで、泣いたり笑ったりしながら練習してきたのだ。グラウンドに通い続けた七年間のことを思い出すと鼻の奥がきゅっと痛んだが、でも後悔はしていない。自分はいまも別の場所で頑張り続けている。

　俊介は、リュックを肩から外すと、中から歴史の年号暗記ブックを取り出す。いつも練習帰りに歩いていた高架下の緩やかにカーブした道を、電車は一瞬で通り過ぎた。

　Ｐアカデミーを午前八時に出発した大型バスは、千葉方面に一時間ほど走った後、「グランドホテル満月」に到着した。お父さんは「ホテルっていっても勉強合宿なんだから、殺風景なところだろう」と言っていたが、想像とは全然違い立派な建物だった。臙脂《えんじ》色《いろ》の絨毯が敷かれたフロントは広々としていて、二百人近くいるＰアカ生が並んでもまだ余裕がある。ホテルは山に囲まれた高台に立っていたが、目の前には海があって、部屋からの眺めも良さそうだ。

　ホテルに着くとそれぞれの部屋に荷物を置いてくるように言われ、水色のしおりを開いて部屋番号を確認していると、肩を叩かれた。

「おはよう、俊介」

「あ、倫」

　倫太郎とはバスの席が離れていたので、今日初めて言葉を交わす。

「ぼくたちの部屋は、この建物の三階だよ。三〇二号室」

　クラスも同じ1組で、部屋まで一緒。ほんと運命感じるね、と倫太郎が笑う。同じ教室の塾生は部屋を離されることが多い中、同室になったのは奇跡だと珍しくはしゃいでいる。

「うわっ、せま。この部屋で六人寝るのか」

　部屋のドアを開けた瞬間、そんな文句が思わず漏れた。三〇二号室は布団を六枚敷けるのだろうか、というレベルの和室だった。でも倫太郎は「しょうがないよ、遊びじゃないんだし」とあっさり受け入れ、自分のリュックを置いてさっさと部屋から出てしまったので、俊介も慌てて追いかけた。

いったんロビーに集合し、それからオリエンテーションをするために二階の大広間に移動する。普段は結婚式場にでもなるのか、広間の中央には王冠を逆さにしたような大きなシャンデリアが吊《つ》り下がり、勉強合宿には不釣り合いなほどキラキラしていた。

広間の前方に講師たちが横一列に並び、俊介たちは講師と向き合うようにクラスごとに列を作る。みんなそれぞれに緊張した面持ちで、前方に立つ講師たちに視線を向けている。

「ではこの後、十時から授業開始となります。それぞれ合宿での目標をきちんと掲げてください」

講師陣を代表して加地先生がマイクを持ち、最後は「自分史上最高に頑張る五日間を過ごすように」と締めくくった。

部屋に戻って一限目が始まるまでのわずかな間、加地先生の言った「自分至上最高に頑張る五日間」という言葉を思い出し気合を入れていると、すぐ隣で倫太郎が浮かない表情をしていた。

「これ、外したいよね。合宿中ずっと付けとかなきゃいけないなんて嫌だな」

倫太郎が左胸に付けた1組の名札を指でなぞっている。

「別にいいじゃん、名札くらい」

「だってぼくらが1組だっていうのが、みんなにわかっちゃうんだよ」

「わかったっていいじゃん。ここから上位を目指せばいいんだし」

「2組から6組まで合わせて百六十五人もいるんだよ。ここからそれだけの人数を追い抜かなきゃいけないんだ」

「百六十五人て……。おまえ、まさか数えたの？」

「うん。しおり見て数えた。って、俊介は数えてないの？」

「しないよ、そんなこと。なんだよ、倫は塾のトップを目指してるのか？」

「Pアカの上位にいないと東駒なんてとうてい受からないってお父さんに言われてるから……。あ、やばい。早く教室行かなきゃ」

同部屋の生徒たちが次々に部屋を出ていくのを見て、倫太郎が急に焦り出した。しおりを確認すると1組の教室は食事会場のすぐ隣、二階になっている。

倫太郎と一緒に1組の教室に入ると、今日の授業予定と席順がホワイトボードに張り出されていた。

一限目　10時から11時25分　　理科　猿渡先生

　　　　　　　昼食
二限目　12時25分から1時50分　算数　加地先生
三限目　2時から3時25分　社会　三国先生
四限目　3時35分から5時　国語　園田先生
五限目　5時10分から6時35分　算数　加地先生

※7時25分から10時25分までは、この教室にて自習。
※自習の席順も授業中のものと同じ。私語厳禁。

算数が加地先生、理科が猿渡先生なのを発見し、顔を合わせて「やった」と声を揃《そろ》える。国語と社会は他校の知らない先生だ。

「でも国語は園田先生か……。ぼく苦手なんだよな。新宿校の森江《もりえ》先生がよかったなぁ」

ホワイトボードを見つめたまま、倫太郎がぼそりと呟く。

「なんだよ、倫は園田先生って知ってるの？」

「うん、前に森江先生が休んだ時に代理で来たんだ。なんか声が大きくて威圧的なんだよね……嫌だなぁ」

「合宿中だけなんだから、気にすんなよ」

憂鬱そうな倫太郎を励ましつつ、自分の席がどこなのかを探してみる。教室の席は六月の模試の成績順になっていて、最前列の右端にトップが座り、左に一つずれるごとに順位が下がっていく。

一人ずつ個別の机が与えられる新宿校の教室とは違い、合宿の教室は長テーブル一台に三人が座るようになっていた。長テーブルは横に三列、縦に五列並んでいる。

俊介はホワイトボードの中から自分の名前を探した。

戸田俊介、戸田俊介、戸田俊……介。

「俊介、席どこだった？」

同じように自分の席を探していた倫太郎が聞いてくる。倫太郎は最前列に三つ並ぶ長テーブルの左端の真ん中、つまり上から八位の位置に名前が書いてあった。

「おれは……」

俊介の名前は前から五列目の左端にあった。つまりこのクラスの最下位だ。四十五人中、四十五位。

「おれここ。いっちゃん後ろ」

へらっと作り笑いを浮かべ、自分の席を指差した。ちょっとだけ泣きそうになって、涙を押しとどめるためにまばたきを繰り返す。夏休み前の模試では、自分なりにいい成績を取ったつもりでいた。苦手な社会はだめだったけど、総合偏差値は55で、これまで一番良かった。塾のショートテストも最近は平均点以上を常にキープしている。それなのに1組の最下位だ。

「俊介、下剋上《げこくじょう》だよ」

倫太郎が笑みを浮かべて肩を小突いてくる。でも笑い返せず、俊介はそのまま顔を下に向け、一番後ろの席に向かって歩いていく。そう広くはない部屋をぎりぎりいっぱいまで使ってテーブルを並べているせいか、背中側の壁が近い。席に着いて前を向くと、ホワイトボードが遠かった。ここからだとみんなの背中しか見えない。1組の上位、2組、3組、4組、5組、6組……。あとどれだけ努力すれば、自分の前に座るやつらに追いつくのか。果たして追いつくことなど可能なのか。嫌でも視界に入ってくる、いくつもの背中に目をやる。

「ここ入っていい？　私、真ん中の席なの」

目の前に連なる背中を睨《にら》みつけていると、ひょろりと背の高い女子が声をかけてきた。名札には「辻本《つじもと》あかり」と書いてある。黙って椅子を前に引き、椅子と壁の間にスペースを空ける。あかりが後ろを通り抜ける時にカバンが椅子に引っ掛かり、その拍子に俊介の足元になにかが落ちた。

「あの、これ落ちたけど？」

あかりが落としたのは、金の鈴が付いたピンク色のお守りだった。黄色の紐が付いている。神社で買うやつとはちょっと違う、カラフルなデザインだ。

「あっ」

それまで無表情だったあかりが慌てた声を上げ、「ありがとう」と手を差し出してくる。俊介がその手にお守りを載せると、両手でぎゅっと握りしめ、自分の胸に押し当てた。そしてもう一度「ありがとう」と呟く。

「このお守り、すごく大事なの」

席に着くとすぐに、あかりがお守りをカバンの持ち手に付け直す。

「なくなったら、合宿乗り切れないところだった」

そんな大袈裟《おおげさ》な、と思いながらも人助けをした気分になって、俊介は顔を上げた。

「私、辻本あかり。三鷹《みたか》校なの。五日間よろしく」

「おれは新宿校……。戸田俊介」

しどろもどろになりながらなんとか自己紹介する。はきはきと話す女子は嫌いじゃないが、あまりにも目力が強いので気圧《けお》されてしまう。

あかりの右隣には小柄な男子が座ってきた。高校球児のような地肌まで見える丸坊主で、下着に近い白のランニングシャツを着ている。合宿の教室は冷房がよく効いているから薄着はしないようにと説明会で注意されたのを、忘れたのだろうか。俊介の左側には窓があり、外に広がる冴《さ》えた青空が、いまが夏休みの最中だということを思い出させた。

授業開始の五分前になると、教室に理科の猿渡先生が入ってきた。初対面の先生が多い中で、知っている顔に出会うとほっとする。

「みんな揃ってるかー。じゃ、さっそく授業を始めるね。今日は電流をやります。電流といえば尻尾の先が光るやつだよね、得意技は『かみなりパンチ』の。って、それはポケモンの『デンリュウ』かー。……はいみんな、ここ笑うところだよ」

猿渡先生がいきなりスベったことで、張りつめていた教室の空気が緩んだ。倫太郎がニヤニヤ顔で後ろを振り返ってきたので、眉をひそめて目配せをする。猿渡先生のおかげで落ち込んでいた気分が、ほんの少し軽くなる。電流は大の苦手なので、この合宿でなんとか克服したい。俊介はホワイトボードを見つめながら、背筋をまっすぐに伸ばした。

一限目から五限目が終わる六時三十五分まで、昼食以外はずっと授業だった。さすがに最後は頭の中がふわふわしてきて、五限目が加地先生の授業だからなんとか乗り切れたようなものだ。

「今日はバス移動もあったから疲れただろう」

加地先生がよそいきの顔で授業終了の挨拶をしている。いつもは言いたいことを口にする加地先生が、他校の生徒には気を遣っているように見える。

「えっと、これからの予定をざっと言うと、七時二十五分までが夕食、その後はクラスごとの自習になる。自習の間に風呂の順番が回ってきたらさっさと入って、速やかに自習に戻れ。就寝前、十時二十五分からは、またこの教室でホームルームをするから時間厳守で集まるように」

朝が早かったせいもあって、加地先生の説明が頭に入ってこないほど心身ともに疲れていた。なにも考えられず、ただ他の生徒たちが次々に席を立ち食事会場に向かうのを追いかけるように、俊介も立ち上がる。倫太郎は「トイレ行ってくる」ととっくに出て行った。でも隣に座るあかりはさっきから図形問題を解いていて、放っておくとずっとこのままここにいそうな感じだ。あかりの頭の上からノートをのぞきこむと、図形の中に補助線を引いたり消したりしながら、必死に答えを探しているのがわかった。

「夕食会場に行かないの？　ご飯食べる時間、なくなるよ」

周りの物音がなにも耳に入っていないようだったので、ためらいながらも俊介はあかりの肩を叩く。

「あ……」

ずっと水中に潜っていて、たったいま水の上に顔を出した、というふうにあかりが顔を上げ、きょろきょろと教室を見回す。まだ教室に残っているのはあかりと俊介だけだった。

「問題、解いてるの？」

「うん。加地先生が『ベンツ切り』って言いながらシャッシャッて線を引いてたでしょう？　でも三鷹校の算数の先生はそんな解法使ったことなくて……。あ、でも私だけ習ってないのかもしれない。何日か塾休んでたから」

俊介は「そっか」と頷き、テキストや筆記用具を片付ける素振りをしつつ、「おれ教えよっか」と口にする。ベンツ切りは加地先生に一対一で教えてもらったから、完璧に習得している。

「いいの？」

あかりが嬉しそうに笑ったので、俊介は自分の席に座り、ペンケースから鉛筆を取り出した。

塾ではどの教科も、学校では見たことも聞いたこともない問題が出てくる。攻略法を知らないと、どれだけ時間をかけて粘っても解けないような問題。逆に先生に習った解法や公式を使えば、わずか数秒で解けてしまうこともある。こんな特別な勉強があるなんて、塾に通うまで知らなかった。

「辻本さんはベンツのマーク知ってる？　『ベンツ切り』っていうのは、三角形の中にベンツのマークみたいな線を引いて、三辺の比を導き出す解法なんだ。二辺の比がわかってれば、ものすごく簡単な計算でもう一辺の比を出すことができる。見てて。魔法みたいな公式だから」

俊介がノートに書き付ける解法を、あかりが真剣な表情で見つめていた。その目力でノートに火がつきそうだった。

消灯時間になり部屋の電気が真っ暗になっても、俊介はなかなか寝つけなかった。みんなは布団に入ってすぐに寝息を立てている。誰かの鼻が詰まっていて、ピーピーというオカリナのようなか細い音が絶え間なく聞こえてくる。

だめだ。眠れない。合宿の消灯時間は十一時だけれど、いつも十二時を回るまで勉強しているから、眠れないのもしかたがない。

こっそり布団から出て、リュックを置いている場所まで這っていく。途中で誰かの足を軽く踏んでしまったようで「んぐっ」という声がしたが、目は覚めていないようだ。

リュックから漢字ドリルを取り出すと、そっと部屋を出た。ぼうっとしている時間がもったいない。眠れないならその間に勉強をしたい。自分はいま、このホテルにいるPアカ生の中で最下位なのだ。

俊介は足音がしないようにそろそろと歩き、非常灯の電気を頼りに薄暗い廊下を歩いた。廊下のつき当たりに鉄製の扉があり、そこが非常階段になっていることは昼間のオリエンテーションで先生から聞いていた。だが非常階段に続く扉を開けようとしたところで、

「俊介」

と呼び止められた。悲鳴を上げそうなくらいびっくりしてこわごわ振り返ると、眠っていたはずの倫太郎がいまにも泣きそうな顔をして立っている。

「倫……」

「どこ行くの？　まさか……脱走？」

二年に一度、合宿中に脱走者が出ることは先生たちから聞かされていた。昨年は誰も脱走しなかったので今年は出るかもしれない、脱走者が出た班は連帯責任だぞ、と冗談交じりに脅されたことを思い出す。

「脱走なんてしないよ。脱走してどこに逃げるんだよ？　周りは山しかないのにさぁ」

「じゃあどこ行くの？」

倫太郎の顔が気弱に歪んだ。

「漢字の暗記でもしようかと思って」

「こんな時間に勉強？」

俊介の言葉をまるで信じていないのか、倫太郎が深刻な顔で詰め寄ってくる。

「うん、寝れないし。おまえこそなにしてんだよ。こんな時間にこっそり抜け出して」

「俊介が出ていくのがわかったからさ。トイレかなと思ったけど、脱走なら止めなきゃって……。本当に勉強するつもりなの？　教室はもう閉まってるよ」

「非常階段の踊り場。あそこなら誰も来そうにないし」

倫太郎が、驚いた顔で自分を見ていた。

「俊介は……なんでそんなに頑張るの」

「え？」

「どうしてそんなに……頑張れるの」

倫太郎が近づいてきて、非常階段に続く鉄製の扉をそっと押した。ここにいたら誰かに見つかっちゃうから踊り場で喋ろうよ、と腕をつかんでくる。倫太郎にしては大胆な行動に、ほんの一瞬、戸惑う。

「え、だって受験生だから……。倫が前に言ってたじゃん、限界まで頑張れば、どこか違う場所に行けるって。努力をすれば、見たことのない景色に出合うことができる、生き方が変わるって。おれその話聞いて、いいなって思ったんだ。おれも限界までやってみたいって。東駒の試験って、二月の一週目じゃん？　あと半年しかないし。残り半年で、おれなんて18も偏差値上げなきゃいけないんだ。そりゃ焦るよ」

四階に続く階段を上がり、踊り場の隅に二人並んで座った。仄暗《ほのぐら》いそのスペースにはかび臭い湿った空気が溜まっていて、話し声が驚くほど響く。

「あれは……ちょっとカッコつけて言っただけだよ。本当はもっと違う理由で東駒に行きたいんだ……」

「そうなのか？　違う理由ってなんだよ」

俊介がそう口にすると、倫太郎が少し身構えたのがわかった。言おうか、どうしようかと迷う倫太郎の緊張感が、触れ合った腕から伝わってくる。

「ぼくのお兄ちゃんが東駒に行ってるんだ。お父さんも東駒の卒業生だし……。だから自分もっていう……」

本当は自分だけが東駒に行けないっていうのが嫌なだけなんだ、と倫太郎が続ける。お兄ちゃんと同じ学校に通えば、お父さんとお母さん……おじいちゃんやおばあちゃんにもがっかりされないだろうから、と。

「ごめんね俊介」

「なんで倫があやまんの？」

「ぼくが東駒の志望動機を話した時、俊介の表情がなんかこう、ぱっと変わったのがわかったんだ、なにか大事なことを閃《ひらめ》いたような顔をして。実はあの後ぼく、ちょっと反省してたんだ。嘘の志望動機で、俊介を塾に……中学受験に引き込んじゃったのかなって」

でも東駒に行きたいのは本当だから、と倫太郎が小さな声を出す。

薄暗い階段の踊り場が、ルミナスの練習場からの帰り道を思い出させる。電車の高架下の細い道路。二人の話し声以外の音はなにも聞こえない。深い深い海の底で話をしているような感覚。

「いいって、そんなの。おれは塾に通ってよかったと思ってるし、中学受験だって挑戦してみたいと思ってる」

俊介は手のひらで倫太郎の背中をばん、と叩いた。そんなことを気にしていたのかと笑い飛ばす。

「うん、俊介、頑張ってるもんね」

話してすっきりしたのか、倫太郎がいつもの明るい口調に戻る。

「俊介はさあ、生き方を変えたいの？」

「え？」

「いま言ってたじゃん」

「ああ……。まあ、うん」

「どんなふうに？」

「どんなふうにって……言われても」

なにから話そうか迷い、倫太郎からもらった東駒のパンフレットのことを思い出した。

倫太郎にもらい、家で熟読した入学案内。中でも食い入るように読んだのは、『卒業生たちの活躍』というコーナーだった。

東駒の科学部に所属していたというその卒業生はいま、研究室で大学生を指導しながら「人間と感覚を共有できるロボットの開発」に携わっているという。その研究は、たとえば山登りをするロボットを通して、離れた場所にいる人間が実際に山登りをしているような感覚をもつことを可能にするものらしい。ロボットが土を踏みしめる感覚。風が体を吹き抜けていく感覚。そういうものを共有することができるというのだ。人間がロボットに乗り移った状態を作る。そうすれば家にいても旅行に行ったような気分にもなれるし、体を動かせない人でも、実際に運動したような爽快感が得られる。

その記事を読んだ時、そんなことができるのかと衝撃を受けた。東駒の科学部に入れば自分も将来、そうした研究をする人になれるかもしれない――。

「……おれ、ロボットを作りたいんだ」

「ロボットって、どんな？」

「聴覚を共有できるロボットを作りたい」

難聴で音が聴こえない妹に音を感じさせてやりたいのだと、俊介は話した。お母さんやお父さんの声。ピアニカの音。鳥や虫、動物の鳴き声……。みんなと同じようにすべての音を感じることができたら、美音はどれだけ喜ぶだろう。

「俊介って、すごいことを考えてるんだね」

「考えてるだけだけど」

学校案内に取り上げられていたその卒業生は、『こんなものがあったらいいなと思う気持ちが、研究の原動力です』と言っていた。いまの医学でどうにもならないのなら、聴力に代わる感覚を作りたい。科学の力でならなんとかできるかもしれないと思ったのだと、俊介は続けた。

「俊介の妹って、時々試合を観に来てた子?」

「うん、美音。先天性の難聴で生まれつき聴こえないんだ」

「そっか」

困ったように眉をひそめていた倫太郎が、頰を緩めて小さく頷く。「頑張って勉強して、将来は科学者になれたらいいね。ぼくも……。ぼくもお兄ちゃんが通ってるからとか、お父さんが卒業した学校だからとかそういうんじゃなくて、自分のために頑張るよ。東駒に合格して、そこで俊介みたいにやりたいこと見つける」

「……うん」

心のこもった声でそんなふうに言われると、俊介の中にうしろめたいような気持ちが芽生えてくる。ロボットを作りたい。その願いは嘘じゃない。でも一番大事なことは話せていない。本当は、中学受験をしたい本当の理由は……。

「あのさ、倫」

八歳の夏からずっと続く苦しい思いを、倫太郎に打ち明けてみようかと思った。倫太郎なら俊介の気持ちをわかってくれるかもしれない。

「うん？」

「おれさ、八歳の時に」

心を決め、そう切り出したところに突然、真正面から丸い光が射してきた。不意打ちだったので眩しくて両目を閉じ、それからまたうっすらとまぶたを開ける。

「そこにいるのは……穂村くんと、戸田くん？」

階段の下から聞こえてきた声は、猿渡先生のものだった。俊介と倫太郎は反射的に立ち上がり、壁を背に光の方向に目を凝らす。

「ここでなにしてるんだ？」

三〇二号室の仲間が大騒ぎしているぞと、猿渡先生が低い声で告げてきた。

「すみません……なんか眠れなくて」

そんな大ごとになっているとは思わなかった。

「眠れなくても部屋から出ちゃだめだよ。部屋のみんなが心配してるよ」

「俊介、戻ろう」

素直に立ち上がった倫太郎につられるようにして、俊介も横に並ぶ。猿渡先生だけだと思っていたら、加地先生も階段の下に立っている。

階段を駆け下り、俊介は逃げるように廊下を走った。倫太郎が俊介より少し遅れて先生たちのそばを通り過ぎ、「すみませんでした」と小さな声で謝っている。部屋に戻って「ごめんごめん」とみんなに謝り、俊介はそそくさと布団に潜り込んだ。でも倫太郎に話せなかったことが中途半端に胸に残って、結局すぐには眠れなかった。


二日目の授業は八時二十五分からスタートし、寝不足だった俊介は授業開始ぎりぎりに自分の席についた。最後尾のこの席からだと、1組の生徒ほとんどの背中が見える。いくつもの背中をこうして見つめていると、背中が山に見えてくる。自分が越えなくてはいけない山。ゆっくり越えていたのでは追いつけない。とにかく全速力で走って、跳び越えて、前に行かなくてはいけない。

「戸田くん、戸田くん」

急に周りが騒がしくなったかと思うと、肩をつかまれ体をゆらゆらと揺らされた。理科のテキストから視線を上げると、辻本あかりの顔がすぐ間近にあった。

「お昼休憩だよ。食事会場に移動しないと」

問題に集中しすぎていて、教室に誰もいなくなっていたことに気づかなかった。二限目の理科の授業が終わったところまでは憶えているけど、それからまたテキストの問題を解いていたら周りの音が聞こえなかった。豆電球が直列、並列と、とにかく複雑な形でつながっていて、どれが一番明るいかという問題だ。

「戸田くんからモワモワーって、蒸気出てたよ」

「ごめん……」

「謝ることじゃないけど。でも早くご飯行かないと、食べる時間なくなるよ。あ、これって昨日と逆の展開だね」

二限目が終了してからの五十分間は、昼食時間をかねた休憩になる。昼食後は六時間ぶっ通しで午後の授業が入っているので、この休み時間は貴重だった。

「そういえば戸田くん、いよいよだね」

1組の教室を出て食事会場に向かっていると、あかりが隣に並んできた。

「いよいよって、なにが」

「今日の五限目と六限目にテストがあるでしょ。私、もうドキドキしすぎて昨日の夜はなかなか眠れなかったの」

俊介は一瞬歩くのを止めて、あかりの横顔を見つめる。そうだ。合宿二日目の今日は全クラス共通テストがあるのだ。その結果をもとに三日目以降のクラスの席順を入れ替えると猿渡先生が説明していた。テスト内容は合宿中に習ったものなので、努力の成果が見えるはずだ、と。

「私なんてビリから数えて二番目だから、落ちるにも落ちようがないんだけど。でもそれでも緊張する」

あかりがスカートのポケットからあのピンク色のお守りを出してきて、両手で包み込む。よほど心の支えにしているのか、休憩時間のたびに、こうやってお守りを握っている。

「ビリのおれによくそんなこと言えるなぁ。おれのほうこそ、これ以上落ちようがないって」

「あ、ごめん。傷ついた？」

「別に傷ついてはないけど」

口ではそう言ったが、席順がシャッフルされることを想像すると胸の鼓動が速くなってくる。まだ一日と少ししか経っていないが、ここまで集中力を切らすことなく机に向かってきた。努力が報われてほしい。もっと前に行きたい。

「このお守りね、お母さんの手作りなの」

あかりが手を開いてお守りを見せてくる。間近で見ると、ピンクの布地に金の糸で刺《し》繡《しゅう》されているのは、『あかり合格』という文字だった。

「私ね、この夏合宿に懸けてるの。絶対に成績を上げるって決めてるの」

言われなくても隣の席に座っていたから知っている。たしかにあかりは必死だ。火を噴くんじゃないかと思うほどの集中力を漲《みなぎ》らせて、授業に向き合っている。俊介の右半身にもその熱は伝わってきて、それを感じるたびに、授業中何度も「自分史上最高に頑張る五日間」という加地先生の言葉を思い出していたのだ。

「私のお母さんね、私が夏合宿に来ている間に手術するの。夏休み前から入院してて、このお守りは病室で作ってくれたやつで」

あかりは自分の母親のことを話し続けた。ある日の夕方、お母さんの足が突然動かなくなったこと。自分が救急車を呼んだこと。大学病院で検査をし、脳に原因があるとわかったこと。その時のことを思い出して怖くなったのか、あかりの頬がわずかに引きつる。

「私ね、実はこの夏まで全然勉強してなかったんだ。塾に通うことも、中学受験することもお父さんとお母さんが勝手に決めちゃってたから、全然やる気なくて。でもね、お母さんが病気になったでしょ。塾に持ってくお弁当とか作ってもらえなくなって、送り迎えもしてもらえなくなって……。手術することが決まった時、お母さん、『塾はもうやめていいよ』って私に言ってきたの。中学受験もやめていいよって。そしたらなんでかわかんないけど、急に頑張らなきゃって思ったんだよ」

あかりの話に頷きながら、俊介もお母さんの顔を思い出す。毎日早起きして朝ご飯と塾のお弁当を作り、夕ご飯の支度までして、パートに出かけていくお母さん。最近は高卒認定試験というものに合格するため、美音を寝かした後に勉強もしている。

「辻本さんは、どこ受けるの？」

「聖北学園中学校。あ、なにその目、無理だって思ったでしょ」

「そんなこと思ってないよ」

「ううん、自分でもわかってる。まだまだ偏差値が追いついてないし。でも聖北学園はお母さんの母校なの。とてもいい学校だから、私にも通ってほしいってずっと言ってて」

だからなにがなんでも合格しようと思っている、とあかりが強い目で俊介を見つめてくる。

「辻本さんなら大丈夫だって」

「全然大丈夫じゃない。だけど、お母さんを喜ばせてあげたいんだよね。制服姿を見せてあげるって約束もしたし。私、あと15、偏差値を上げるつもり」

「そっか。頑張れ」

この夏は、みんなそれぞれの思いをもって合宿に挑んでいるのだ。

あかりにはあかりの、俊介には俊介の思い。苦しい時にあかりがお母さんの作ったお守りを握りしめるように、自分は美音の、ピアニカの吹き口をくわえた横顔を思い出している。

「戸田くんはどこ受けるの？」

「おれ？　おれは、東駒」

「わお。すごいね」

「志望校はな」

「うん、戸田くんならいける」

　Pアカに通う六年生はみんな、受験がどれほど厳しい闘いかを知っている。だから人の志望校を茶化したりバカにしたりは決してしない。どれほど無謀に思える挑戦でも、頑張れと言ってくれる。それは塾に入って初めて知ったことだ。

「戸田くんはどうして東駒なの？　聞いていい？」

「……東駒の科学部に入りたいから」

「おおっと、出た、科学部！　東駒の科学部ってめちゃめちゃレベル高いんでしょ？　科学の甲子園ジュニア全国大会にも、ほとんど毎年参加してるらしいよ。東駒の科学部の生徒が『日本学生科学賞』の最高賞をしょっちゅう獲得してるみたいだし」

「よく知ってるなぁ」

「へへ。親戚のお兄ちゃんが、東駒の科学部なんだよね。いまはもう高校生だけど。あ、やばい、ほらもう昼食始まってるよ」

　食事会場では生徒たちが、トレーを手にばらばらと前方へと歩き始めていた。今日のメニューはかつカレーなので、みんなのテンションが上がっているのがわかる。俊介もお腹がすいて、急いで列に並んだ。

合宿二日目の授業とテストがすべて終わり、自習時間もホームルームもすんだ後、俊介はひとりで1組の教室に向かった。

「なんだ俊介。忘れ物か？」

教室のドアを開けると加地先生がいて、机の上に散らばった消しゴムのカスを手のひらで集めている。

「どうした、もうすぐ就寝時間だぞ」

「あの、消灯時間までの間、ここを使わせてほしいんですけど」

あまり時間はないが、ぎりぎりまで勉強しようと思い俊介が頼むと、加地先生は作業の手をいったん止めて、

「まあいいけど、終わったら電気消しとけよ」

と俊介の肩を叩いて部屋を出て行った。

俊介は肩から下げていたカバンの中から、コバルトグリーン色のテキスト『算数発展フィボナッチ』を引き抜き、自分の席に着く。自習の時も成績順に座るので、俊介は一番後ろの左端だ。

三〇二号室のみんなは、いま一日のうちで一番ゆったりとした時間を過ごしている。ポテチやチョコを食べながら布団の上でごろごろしているはずだ。でも俊介は今日のテストが思ったよりできなかったので、その輪に加わることはしなかった。テキストを開き、テストでできなかったのと同じ問題を探す。授業では理解したつもりでいたのに、本番では頭の中がこんがらがって、答えられなかった。

「この問題はまずダイヤグラムを書いておく……と。縦軸が距離、横軸は時間。ただのグラフじゃなくて、上辺も書いておく。ダイヤグラムは長方形の右の辺がないやつで……」

口の中で解法の手順を呟き、ノートの上半分を使って線を引いていく。左端の原点から横に長めの線を一本。原点から縦に少し短めのを一本。横線に平行な上辺も書き入れる。でもここからがよくわからない。シャーペンを持つ手が止まってしまう。

線を引いては、また消しゴムで消す。それをしばらく繰り返していると、

「俊介、そろそろ部屋に戻れよ。就寝時間だぞ」

と背後から加地先生の声が聞こえてきた。このわずかな時間に風呂に入ってきたのか、髪は濡れてぺしゃんこだ。

「どうした、そんな死にそうな顔して」

「ダイヤグラムの書き方が……わかんなくて」

「なんだ、そんなことか」

意外にも優しい声で言われ、よけいに落ち込む。どうして今日習ったばかりなのにできないのだろう。

「じゃあこの問題だけ一緒にやるか」

加地先生が小さく笑いながら隣の席に座り、俊介のペンケースからシャーペンを取り出す。

「俊介、この問題をぱっと読んで、一郎と花子、どっちが単純な動きをしてると思う？」

「……花子さん？」

「だよな。花子はずっとマイペースだよな。人がどういう動きをしようとも気にしない、そういう性格の女子なんだろうな。じゃあまず原点から、花子の動きを書き入れてみようか」

加地先生に導かれ、俊介は手に握りしめていたシャーペンを動かした。加地先生が隣で見ていると、自分ではどうしても引けなかった線がすんなりとグラフに書き入れられる。勉強はテコの原理に似ている。ちょっとしたコツがわかると、簡単に動く。自分で押してもびくともしない重い岩が、先生が少し手を貸してくれると、すうっと動いたりする。このすうっが気持よくて、塾に通い出してから勉強の本当の楽しさがわかった気がしていた。

「よし、ダイヤグラムは書けてる。ちゃんと理解したな？　あとは、いまわかってる数値を書き入れていく作業だ。問題文からなにがわかる？」

ダイヤグラムに数値を書き込んでいくと、図からいろいろな情報が頭の中に入ってくる。一郎と花子の動きが見えてくると、そこからはいつもやっている速さの問題だった。

「あ、そっか」

正解を見つけた時の心地よい痺《しび》れが頭の中に拡《ひろ》がっていく。暗闇に小さな光を見つけ、その光がどんどん大きくなっていくような感覚だ。トンネルの中から外に出ていく解放感が、俊介の胸を高ぶらせた。シャーペンを握り直し、俊介はノートの余白を使って式の計算を始める。ここまできたら答えが出たも同然。あとはいかに早く正確に計算式を解くかだ。シャーペンを持つ手の熱さを感じながら計算式を解き終えると、

「正解！」

加地先生が大きな赤マルをつけてくれた。ボールペンの先が紙の上を滑る音が嬉しくて、目の奥にじわりと熱いものが滲む。

「今日はここまでにして、部屋に戻って寝ろ。睡眠も大事だぞ」

「はい。ありがとうございます」

加地先生にお礼を言ってから教室を出ると、我慢できずに廊下を走った。嬉しい。できなかった問題がわかるようになった。たったそれだけのことなのに胸がいっぱいにな

る。

四月に入塾した時は、できないことだらけだったのだ。国語の文法も四字熟語もことわざも、初めて目にするものばかりで、一日十個のノルマを課して記憶していった。社会は日本地図と四十七都道府県の県庁所在地を暗記するところからスタートし、理科は猿渡先生が渡してくれるプリントを毎日欠かさず埋めていった。でも算数だけは暗記では太刀打ちできなくて、基礎の計算から順にこつこつと積み上げてきたのだ。俊介にとっての受験勉強は、見本がないジグソーパズルをするのと同じだった。わかるところから順にピースを埋め、できたところからさらに拡げていく。

満たされた気分で三〇二号室に戻るとすでに電気は消えていて、オレンジ色の豆電球だけがほんのりと灯っていた。初日は消灯時間の十一時を回ってもみんな少しは起きていたが、二日目の夜にはしゃいでいるやつはいない。肩から下げていたカバンを部屋の入り口のところにそっと置き、俊介は足音をさせないように自分の布団に潜り込んだ。

翌朝、倫太郎と一緒に1組の教室に入っていくと、ホワイトボードの前に人だかりができていた。席順が張り出されている。俊介は人の輪の一番外側から隙間を探してホワイトボードをのぞきこんだ。白い紙に黒いマジックで書かれた座席表はちらちらと視界に入るけれど、自分の名前までは見つけられない。

背伸びをしたり、体を屈めたりしながら必死で名前を探していると、

「戸田くんっ」

と背中を叩かれた。振り向くとあかりが立っていて、その表情でいまより前の席に行けたのだとわかる。

「私、二十四番も前にいけたのっ」

「そうなんだ。よかったじゃん」

「うん、ありがとうっ。あ、ごめん、私、自分のことばっかりで。戸田くんは？　どこだった？」

「おれは……いまから」

こんな緊張はサッカーの公式戦以来かもしれない。人だかりに押し入るようにして少しずつ、ホワイトボードに近づいていく。

「あ……」

『戸田俊介』という名前はすぐに見つかった。新しい席は、右に一つ、動いただけだ。

「おれの席、前に辻本さんの席だったとこ。あんま変わんないわ」

ぎこちない笑顔になっているなと感じながら、できるだけ普通に告げた。あかりの同情的な視線から目を逸らして、「じゃあね」と後ろの席に向かって歩いていく。昨日と同じテーブルの、真ん中の席に腰を下ろすと、昨日までの自分の席には、今日もランニ

ング姿の小柄な男子が座っていた。

3

まだまだ力のある九月の太陽を眩しく感じながら、俊介は月の満ち欠けについて勉強をしていた。天体は五年生の範囲なので、猿渡先生にもらったプリントを使って基礎から暗記していく。月は新月から始まって三日月、上弦の月、十一日の月、満月という順に満ち、そこから十八日の月、下弦の月、二十六日の月の順で欠けていくという。この順番を憶え、さらに「月の表」を頭に入れれば、月の形や、出ている方位、時刻が一瞬でわかるようになるらしい。

夏休みが終わって、学校が再開した。海やプール、野球やサッカーの合宿へ行ってきた友人たちとは違い、まったく太陽に当たっていない生白い肌のまま俊介は登校した。学校が始まっても何も変わらない。受験生の夏が終わり、受験生の秋がやってくるだけだ。

二学期最初の算数の授業は、クラスの半分以上が集中力を切らしていた。給食後の五限目ということもあって、疲れ果てて机に突っ伏して眠っているやつも三人、四人……。そんな中で俊介は、ただただひたすら月に関するあれこれを憶えていた。

「戸田くん、なにしてるの」

紙の端っこに三日月の絵を描いていると、理科のプリントが両腕の下からすっと抜き取られ、上半身がかくんと揺れた。驚いて顔を上げれば、担任の豊田《とよだ》みどり先生がすぐそばに立っていた。

「理科の問題を……やってました」

「そっか」

豊田先生はプリントをじっと見つめた後、「問一、日食とはどのような現象ですか。問二、日食が観察できる時の太陽、地球、月の並びを図で表しなさい。問三、日食が起きる時、月はどのような形をしていますか。月の名前を答えなさい」と、俊介がまだたどりついていない、プリントの最後のほうの問題を読み上げる。

「すみません」

プリントを返してほしくて手を伸ばすと、「ずいぶん難しい問題をやってるんだね」と豊田先生が困り顔でため息をつき、プリントを机の上に戻す。

「これは休み時間か自宅でやってちょうだい。いまは授業に集中してね。ほら、教科書も出てないじゃない」

みんなもよ、ちゃんと前向きなさい、と豊田先生が声を張ると、突っ伏して寝ていた何人かが眠そうな顔のまま体を起こした。

帰りの会が終わると、俊介と仲のいい男子たちがいまから遊ぶ約束をしながら教室を飛び出していった。授業中はだるそうなのに、終わるとみんな別人のようにしゃっきりとして楽しそうだ。俊介もランドセルを背負って教室後方のドアに向かう。今日は授業が五限で終わったので、塾まで少し時間があるのが嬉しい。「バイバイ、またな」とまだ教室に残っているやつらに声をかけ、廊下に出ようとした時だった。

「戸田くん、ちょっと話をしていいかな」

豊田先生が後ろから声をかけてきた。

「話?」

「そう。ちょっとだけ。いまから塾?」

「塾だけど……。ちょっとだけなら」

「どこでもいいから座って」

豊田先生に促され、のろのろとランドセルを下ろしてすぐ前の椅子に座った。たぶんさっき塾の勉強をしていたことを注意されるのだろう。

「ごめんね、忙しいのに呼び止めて」

近くにあった椅子を引っ張ってきて、豊田先生が俊介の前に座る。背が低くていつもどこか不安そうな表情をしているので、智也のお母さんは「まだ若いからしょうがないけど、ちょっと頼りない感じがするのよね」と陰で言っている。

「夏休み、忙しかったんでしょう？　塾って夏期講習とかあるんだよね。受験生は『お泊り学習』とかもやってるんでしょう？」

お泊り学習という言い方が、ちょっと笑えた。豊田先生は高学年を担任するのが初めてらしく、時々小さな子どもに使うような言葉遣いをする。

「夏合宿は、千葉に四泊五日で行ってきました」

「そう。頑張ってるのね」

「はい……」

窓の向こうから、楽しそうな声が聞こえてきた。教室の窓は運動場に面しているので、外遊びをしている声がよく聞こえる。

「戸田くんは、いま元気？」

「え……」

「受験勉強に疲れてない？」

「おれは大丈夫……です」

「そう。だったらいいんだけど。先生ね、夏休み明けに久しぶりに戸田くんと会って、なんか疲れてるように見えたのよ。焦ってるっていうか。今日も難しそうなプリントやってたし、大変なのかなと思って」

豊田先生の視線から逃れるようにそっと目を伏せ、机の端を見つめる。焦っているのは、思うように成績が上がらないからだ。授業の演習ではできる問題が、テストだと間違ってしまう。ケアレスミスも多い。猿渡先生には「俊介はテストになると急に慌てだす」と注意される自分の弱点。でも疲れて見えるのは倫太郎が合宿明けにA組に上がったからで、そのことが一番苦しい。

「中学受験が悪いとは全然思ってないし、応援はしてるのよ。でもね、先生の本当の気持ちはね……」

そこまで言ってから豊田先生は黙りこみ、「本当の気持ち、言ってもいいかな」となぜか俊介に聞いてきた。俊介が頷くと、「私はね、塾ってほんとに必要なのかなって思うのよ」と覚悟を決めたかのようにきっぱり言い切る。

「みんなに、ここまで過酷な受験勉強をさせることに納得できないの。学校が終わって塾に行ってたら、睡眠だったり、食事だったり、運動だったり、そういうことがおろそかになるでしょう？　戸田くんはこの夏休み中にお友達と遊んだ？　海やプールに行けた？」

「行って……ません」

「そうよね。毎日勉強だもんね。受験生は夏期講習やらお泊り学習やらがたくさんあるもんね。でも冷房で冷え切った部屋に、まだ子どものあなたたちを七時間も八時間も押し込めて、机に向かってひたすら勉強させるのって、先生はなかなか肯定できないのよ。

だって六年生の夏休みは、人生で一度きりしかないんだから」

　そこまでひと息に口にしてから、豊田先生は「ごめんね。一方的に自分の思いばかり話しちゃって」と言葉を切った。一度にたくさんのことを言われたので頭の中がこんがらがっていたが、先生が塾があまり好きじゃないことと、「六年生の夏休みは人生で一度きりしかない」という言葉だけは心に留まった。

「とにかく無理はしないこと。困ったことや辛いことがあったら、先生に話してね」

「……はい」

「あと、授業中に塾の勉強をするのはやめてね。気持ちはわかるけど、それは、ね？」

「はい」

　さっきから「はい」しか言っていないことに気づいた。だけど他に言葉が出てこない。豊田先生が意地悪ではなく、自分のためにいろいろ言ってくれているのだと、わかったから。

「先生の言いたいことは以上です。ごめんね呼び止めて。時間、平気？」

「……大丈夫」

　隣の机の上に置いていたランドセルを背負うと、なんだかさっきより重く感じた。

　誰もいなくなった廊下を歩き、下駄箱が並ぶ玄関ホールに向かう。下履きに履き替えて外に出ると、夏の続きの白い光が目の前に広がっている。

「俊介ーーっ」

どこか遠くのほうから自分を呼ぶ声が聞こえ、首をめぐらせ周りを見回していると、運動場で手を振っているやつがいた。最近急に視力が落ちてしまい、顔がぼやけてわからない。運動場のほうに歩いていき、できるだけ近づいて目を細めると、智也と征ちゃんが立っているのが見えた。

「おお」

俊介が手を振り返すと、「おまえも入ってっ。メンバー足りねえんだーっ」と智也が叫んでくる。ルミナスをやめてからほとんど話すことのなかった二人が、「俊介、早く来いよっ」と跳び上がっている。俊介は「塾があるから」と言いかけ、その言葉を喉の奥に押し戻した。運動場の隅にランドセルが山積みにされていて、その黒っぽい小山に向かって自分のランドセルを放り投げる。そして思いきり、運動場の中央に向かって走り出す。智也や征ちゃん、他にも仲良しの男子集団から「わあ、俊介来たーっ」と声援が起こるともう、塾の時間もなにもかも、頭の中から吹っ飛んでいった。

ふと運動場の影がずいぶん動いたことに気がついた。校舎の壁に掛かる大きな丸い時計を見上げると、五時を回っている。

「あ、やべ。おれ帰らないとっ」

ディフェンスをするために自陣ゴールに向かって走っていた足を止め、俊介は大声で叫んだ。

「ええっ、まじかよ。俊介がいま抜けたらやべーよ」

智也が口を尖らせ言ってくる。二チームに分かれて試合をしているのだが、いまちょうど二対二の同点で、俊介は智也チームの貴重な戦力になっていた。

「でも塾あるし」

「何時から？」

「五時。実はもう始まってる。まじやばい」

「始まってるんだったら、もういいじゃん。休めよ俊介ー」

汗まみれの腕を絡ませ、智也が甘えた声でくっついてくる。

「無理だって。さぼったら先生に怒られるし」

いいじゃん一日くらい、おれも公文ぶっちするから、と他の男子たちにも引き留められながらランドセルを取りに戻ろうとすると、

「なあ俊介、なんで中学受験なんかするんだ？」

という智也の声が耳に刺さった。振り向くとサッカーボールを小脇に抱えた智也が、下唇を突き出して俊介を見ている。

「なんでって……」

「ルミナスも突然やめたしさ、おまえがいなかったから夏の大会、田園シューターズに一回戦負けしたんだぞ」

「ええっ、あんな弱いとこに？」

「すっげえ強いやつが新しく入っててさ。もう屈辱でしかないわ」

俊介がいれば負ける試合ではなかったと、智也が悔しそうに顔をしかめる。

「なあ俊介、ルミナス戻ってこいよ。いまなら秋季大会に間に合うだろ？」

「でも……受験あるし」

「受験ってさぁ、落ちることもあるんだろ？」

「そりゃ、落ちることもあるよ」

「不合格になったら、おれらと同じ広綾中に行くんだろ？」

「うん、まあそうだけど」

「うちの父ちゃんが、中学受験なんてなんの意味もないって言ってたぞ。金と時間を使って塾に通っても、合格しなかったらどうせ広綾中に行くんだ。勉強を頑張りたいなら、中学に入ってからでも遅くないって。俊介のこと、せっかくサッカー上手いのに受験なんかでやめるのはもったいないないって」

なんの意味もない……か。そんなふうに言わないでほしいと思ったけれど、智也に悪気がなかったので言い返さなかった。豊田先生ですら塾を良く思っていないのだ。智也のお父さんがそんなふうに考えるのもしかたがない。

「うん……まあ今日は帰るよ。ごめんな、また遊ぼ」

俊介が黒い山から自分のランドセルを引っ張り取ると、「じゃあなー」「バイバーイ」とみんな手を振ってくれた。こういうところがいいなと思う。いろいろあるけれど、最後はちゃんと笑ってバイバイしてくれる。

ミーレドレ　ミ　ミ　ミ
レ　レ　ミ　ソ　ソ
正門を出ると、聞いたことのあるメロディーが風に乗って流れてきた。音のするほうに視線を伸ばすと、美音が通う学童保育所から聞こえてくる。

たまにはちょっとのぞいてみようか。どうせ塾には遅れてるんだから、と俊介は小学校の隣にある学童保育所に向かった。朝の登校班は一緒だし、学校にいる美音は時々見かけるけれど、学童でどんなふうに過ごしているかは知らなかった。

正面玄関からは入らずに、建物の周りをぐるりと囲む庭のようなスペースを、ピアニカの音をたどるようにして歩いていった。庭から部屋の中をのぞきたかったが、クスノキの枝が邪魔をして、思うように見えない。樹木の枝葉の濃い影が、長く足元に伸びている。

あ、ここだな。ピアニカの音がひときわ大きく聞こえる窓ガラスの前で、俊介は立ち止まった。ラッキーなことに、ここには樹《き》も植わっていなくて、するすると窓に近づくことができる。そろりと窓を開けると、思った通り、ピアニカを前にカエル座りする小さな子どもたちがずらりと並んでいた。

前列の左端にいる美音のことは、一瞬で見つけた。髪を二つくくりにして、飴細工《あめざいく》のようなツルツルとした赤い髪飾りを付けている。吹き口をくわえて必死に指を動かす姿は、家で練習している時の何倍も必死だ。

ドードーソーソーラーラーソ

ファーファーミーミーレーレードー

頬を膨らました美音の目は、鍵盤ではなく指揮をする先生の手をずっと見ていた。ブラインドタッチでパソコンキーを打つように、美音はほぼ前を向いたまま鍵盤を叩いている。楽譜は暗記しているのか、他の子どもたちのように譜面にちらちら目をやることもない。なんだ美音、先生のことガン見じゃんか。まばたきくらいしろよ。必死すぎだっての。俊介はにやにやしながら美音の横顔を見ていたが、すぐに、それしか方法がないのだと気づく。ピアニカの音色が聴こえない美音は、ああやって指揮を頼りに鍵盤を叩くしかないのだ。美音がこの演奏に参加するには、楽譜をすべて丸暗記し、下を見ずに鍵盤を叩く以外方法がない。みんなと同じように演奏をしているが、その努力はみんなと同じではない。美音はいつだって誰よりも努力している。

――美音は耳が聴こえないの。

お母さんにそう聞かされた時から、俊介にとって妹は特別な存在になった。それまでずっと弟が欲しかったし、生まれたのが女の子だと知ってふてくされたりもした。けれど、そんなことどうでもよくなった。妹を大切にしようと思った。妹を守れる、強い兄ちゃんになろうと決めた。

窓をそっと閉め、俊介はまた庭を戻っていく。クスノキの影はさっきよりも薄く、そのぶん空の色もずいぶん淡くなっていた。ピアニカの練習はまだ続いていて、メリーさんのひつじときらきら星が交互に聞こえてくる。美音はいまも眉根を寄せて、指揮をする先生の手を見つめ続けているのだろう。

「俊ちゃん、あなたもうすぐお兄ちゃんになるのよ」

お母さんのお腹に赤ちゃんがいることを聞いたのは、俊介が四歳の時だった。それまで繰り返し「ぼくおにいちゃんになりたい。おとうとと、いっしょにあそびたい」と頼み続けていたので、お母さんが妊娠していると知った時は、体中が温かな光で包まれたかのように幸せな気分だった。

弟が欲しかったのは男同士、一緒に遊べると思ったからだ。智也にはお兄ちゃんが、征ちゃんには二歳下に弟がいたので、お母さんが産むのは絶対に男だとなぜか信じきっていた。

赤ちゃんができてから、家の中には明るい色のベビーグッズが増えていった。窓際の一番日当たりのいい場所にベビーベッドが置かれ、俊介の服が掛かっていたハンガーラックにはパステルカラーのベビー服が並んだ。ピンクのもふもふしたウサギのぬいぐるみ。天井から吊り下げられた鳥の形をしたベビーメリー。もし幸せに色があるとしたら、あの頃のわが家のような感じだと思う。

俊介は弟の誕生が待ちきれず、毎日必ずお腹の赤ちゃんに話しかけた。

ねえ赤ちゃん、いまおきてるの？　ねてるの？

もうすぐあえるね。

うまれてきたら、いっしょにあそぼうね。

日に日に硬く大きくなっていくお腹に頬をぴたりとつけ、両腕をお母さんの腰に回し、飽きもせず繰り返し話しかけた。赤ちゃんが入っているお腹は温かい枕みたいで、そうやって口を寄せると、お母さんはいつも俊介の体をぎゅっと抱きしめてくれた。

生まれてきたのが女の子だとわかった時は、正直とてもがっかりした。智也と征ちゃんに報告するのも嫌なくらいだった。でもお父さんとお母さんは大喜びで、「二人目は女の子が欲しかったんだ」「女の子はやっぱり柔らかいのねー」と宝くじでも当たったかのようなはしゃぎっぷりだったのだ。

でもその手放しの喜びも、美音に難聴の障がいがあることがわかると、消えてしまった。

それがいつなのか、俊介ははっきりとはわからない。健診かなにかで、美音の耳が聴こえていないことが判明し、それからはお父さんとお母さんが深刻な表情をして話し込むことが増えた。


学校から走って家まで戻り、ランドセルの前ポケットから鍵を取り出した。今日もお母さんは仕事で、七時前まで帰ってこない。

洗面所まで行くのが面倒で、台所の水道で手を洗ってから冷蔵庫をのぞいた。お母さんが作っておいてくれた弁当を取り出して、レンジに入れる。朝早くに作るので、レンジで二分間チンするようにと言われている。

「はあ……」

温めが終了する二分間だけと決め、俊介はダイニングに置いてある椅子に腰を下ろした。背もたれに体重をあずけて両目を閉じると、日射しの下で全力疾走した疲れがいっきに出てくる。

「塾、行きたくないな……」

弱音を口に出してしまうと、呪文のように体がどっと重くなり、椅子から動く気力がなくなってしまった。加熱が終了したことを伝える電子音が、自分ひとりしかいないダイニングに繰り返し響き渡り、早く塾に行けと急《せ》かしてくる。

俊介がPアカに入塾した四月以降、戸田家の日常はこれまでとはまったく違うものになった。お母さんは仕事を始めるようになってから、朝の五時に起きて家事をしている。お父さんはもといた販売店から、高級車だけを扱う店舗に移った。理由は、車を売っただけ給料にプラスされる歩合制度というものが今年に入って廃止され、でも高級車の販売員だけはその制度が引き続き適用されるからだった。お父さんは「少しでも稼がないと」と自ら異動を申し出て、前よりも遠くにある店舗に通っている。

家族の暮らしが変わったのは、俊介が中学受験をしたいと言い出したからだ。俊介を塾に通わせるために大金を使っている。でももし受からなかったら……おれはどうすればいいのだろう。六年生という「人生で一度きりしかない」この時間がなんの意味もなく、まるごとすっぽり抜け落ちてしまうのだろうか。

東栄大学附属駒込中学校を目指す。そこしか受けない。塾に入る前、お父さんにそう宣言した。でもその時は、偏差値がなんのことかすら知らなかったのだ。でもいまはわかる。偏差値70以上の中学に合格することが、どれほど難しいことなのか。ずば抜けて頭のいい六年生が遊ぶ時間や睡眠時間を削って努力して、それでも合格できるかわからないのが現実なのだ。

気がつくとテーブルの上に突っ伏していた。毎晩十二時過ぎまで起きているので、油断するとすぐに眠ってしまう。気力をふりしぼって重いまぶたを開き、時計を見ると、六時になろうとしていた。電子レンジがまだ律儀に鳴り続けている。

「塾……行かなきゃ」

頭が重かったが、そう言い聞かせて立ち上がった。もうすっかり冷めたプラスチック製の弁当箱をレンジから出した時に、焼肉のタレで炒《いた》めた肉の匂いが鼻先をかすめ、折れそうだった心に少しだけ力が戻る。弁当と水筒、今日使うテキストとペンケースを詰め込むと、俊介は腕と背中に力を込めてリュックを背負った。

電車が新宿駅に着いた時、外の景色は夕暮れ色に染まっていた。仕事帰りらしい大人たちとすれ違いながら、俊介は重い足取りで改札を抜ける。

いま頃B組では二限目の理科が終わり、三限目の国語の漢字テストが始まっているだろう。こんな中途半端な時間に顔を出したら、漢字テストを避けるために遅刻したと思われるかもしれない。やっぱり今日はこのまま休んでしまおうか、と雑踏の中でふと足を止めた時だった。

「俊介」

人混みの中から自分を呼ぶ声が聞こえた。驚いて、行き交う人の中で立ち止まると、

「俊介、なにしてるんだ」

　後ろから声がして、振り向くと加地先生が立っていた。いま一番会いたくない人に見つかってしまったことにみぞおちがきゅっと痛む。

「なんだ、どうした」

「ちょっと遅れてしま……って」

　先生と目を合わせたとたん、ここまで必死に堪えていたものがいっきに溢れ出そうになった。顔を見られるのが嫌で、慌てて下を向く。

「俊介、飯食ったか？」

　加地先生が俊介の腕をそっとつかみ、優しい声で聞いてきた。人の波から俊介を庇《かば》うように、すぐそばに立つ。俊介が顔を伏せたまま首を横に振ると、「おれいま空き時間なんだ。一緒に食いに行くか」と先生が背中を軽く押してきた。その力に素直に従う。

　Pアカデミーの建物がある大通りから、一筋奥に入り込んだところにある小さなビルの前で、先生が立ち止まった。「ここでいいか？」と擦りガラスの嵌まった古いドアを押し、慣れた様子で店の中に入っていく。スツールが五脚並ぶカウンター席と、四人掛けのテーブル席が二つあるだけの狭い店内には、加地先生と俊介以外に客はいなかった。

「いらっしゃい、今日もハムサンドとホットコーヒーでいいの？」

　テーブル席に座ると、腰の曲がったおばあさんがテーブルまで水を持ってきてくれた。

「うん、おれはそれで。俊介は……あ、おばさん、この子うちの生徒なんだけど、ここで弁当食っていいかな。悪いんだけど」

「ああいいよ。気にせずお食べ」

鷹揚《おうよう》に頷くと、おばあさんがカウンターの奥に向かって「ホットとハムサンド一つ」としゃがれ声で叫ぶ。

「古い店だけど、居心地はなかなかいいんだ」

ゆっくりとした足取りで立ち去ろうとしていたおばあさんが、くるりと振り返り、

「加地くん、古いは余計だよ」

とコントのような間合いで言い返す。

「弁当、先に食っていいぞ。腹減っただろ」

「うん……」

床に置いたリュックから弁当を取り出すと、俊介はテーブルの上にそっと載せた。お母さんが朝早くに起きて作ってくれた弁当だったので、どこかで食べないと、と思っていたのだ。

「いただきます」

胸の前で手を合わせてから蓋を開けると、俊介の大好きな豚肉の野菜巻きがぎっしりと詰められていた。にんじんといんげんを豚肉で巻いて、甘辛い焼肉のタレをからめて

炒めたものだ。

「お、うまそうだな。お母さんが作ってくれたのか」

「うん」

「いつも思うけど、お母さんっていうのは偉大な存在だな。こうして子どものために手間暇かけて弁当を作ってくれて。あたりまえじゃないぞ、感謝しろよ、俊介」

「……うん」

冷めても美味《おい》しいものを、とお母さんは毎日メニューを工夫してくれる。俊介の好きな肉料理は必ず一品入れてくれるし、お弁当を食べる休憩時間が十五分しかないので、食べやすいようにとご飯はおにぎりにしてある。

「俊介、今日はどうした？」

弁当を食べ終えると、加地先生が聞いてきた。この店に来た時から遅刻の原因を聞かれることはわかっていたが、なにをどう話せばいいかがわからず、俊介はしばらく口をつぐんだまま黙っていた。

「疲れたのか」

加地先生が口元に笑みを浮かべた。その笑顔に、頭の中で考えていたいくつもの言い訳が、ぱっとどこかに消えてしまう。

「わかんない。学校の先生にも、疲れて見えるって言われたけど」

体力的にはまだいける。でも気力が萎えている。

「俊介はサッカーやってたんだよな。何年間やってたんだ？」

運ばれてきたハムサンドを食べながら先生が質問を重ねてきた。一口が大きくて、もうすでに半分を食べ終えている。

「五歳の時に始めたから……七年間」

「ふごいな。七年間もシャッカーやってはのか」

口の中をいっぱいにしながら喋るので、なにを言っているのかわからない。我慢できずに笑ってしまった。先生も笑い返しながら、五分もかけずにハムサンドを食べ切ってしまった。

「だからだな。おまえは本当に根性があるよ。どうだ俊介、東駒は遠いか？」

「……うん、遠い」

「あんな難しい学校、他にないな」

「うん……他にない」

東駒以外は受験するつもりはなく、落ちたら地元の公立中学校に行く。入塾の時に加地先生にはそう伝えたとお母さんが言っていた。東駒しか受けないなんて、現実をなにもわかっていない入塾前だから言えたことだ。サッカーを始めた五歳の時に「日本代表に入る」と豪語していたのと同じ。でも加地先生から志望校についてなにか言われたことは、一度もなかった。

「なんで東駒なんだ？」

「……将来ロボットを作りたいからです」

「それだけが目的なら、他にもいろいろな学校があるだろ。中高一貫の優秀な国公立の中学が、都内にはたくさんある。東駒にそこまでこだわる理由はなんなんだ？」

そこまでこだわる理由、と言われ、俊介は下を向いた。自分の手をじっと見つめ、右手の中指に貼ってある絆創膏《ばんそうこう》に触れる。「ペンダコが痛そうだから」とお母さんが昨日の夜に巻いてくれた絆創膏……。右手の親指でペンダコをなぞりながら、俊介は再び黙る。

でもいまのこの気持ちを誰かに話さないと、心が破裂しそうだった。俊介はゆっくりと顔を上げ、口元にきゅっと力を入れる。

「生き方を変えたいからです」

長い沈黙の後、俊介がようやくそう答えると、加地先生は両目を大きく見開いた。口をすぼませ、ふいのパンチを食らったような表情で俊介を見返してくる。

「なんだ俊介、おまえ、えらく大人びたことを言うな」

「ほんとのことです」

加地先生がコーヒーのおかわりを頼むと、一緒にプラスチックのコップに入ったオレンジジュースが運ばれてきた。おばあさんが「あたしからのサービスだよ」と俊介の前に置いてくれる。

「おまえは、いまの自分が嫌なのか？」

困ったような顔をして加地先生が聞いてくる。加地先生がこんな顔をするのは珍しい。

「はい、おれは……自分が嫌いです」

加地先生が真剣に聞いてきたので、自分も真剣に答えた。誤魔化すことも流すこともできたけれど、それはしなかった。

「そうか……。理由を聞いてもいいか」

しばらく考えた後、俊介は頷いた。急に足が震えてきたので、両手で両膝を強くつかんだまま、加地先生の顔を見る。

「おれ、妹がいるんです。いま一年生で、同じ小学校に通ってるんだけど、生まれつき耳が聴こえないんです。先生は……先天性風疹症候群って知ってますか？」

コップに浮かぶ氷がぶつかり、カランという小さな音を立てた。オレンジジュースは美音も大好きだ。ファミレスのドリンクバーでも、オレンジジュースばかり飲んでいる。

「いや、知らないな」

「赤ちゃんの病気です。妊婦さんが風疹に罹《かか》ったら、そういう病気の赤ちゃんが生まれてくることがあって……。心疾患とか白内障とか……難聴とかが、代表的な症状で……」

俊介の体に赤い発疹が出ているのに気づいたのは、幼稚園の担任の先生だった。

——俊ちゃん、ここ痒《かゆ》くない？　ほら、小さな赤い点々があるでしょう。

先生は俊介の両袖をまくり上げ、首を傾げた。そしてそのまま園内の医務室に俊介を連れていき、他の先生にも、皮膚に散らばる赤い点々を見せた。発疹を見た先生たちは俊介の上着を脱がせて腹や背中も確認し、体温を測った。その日俊介は教室には戻してもらえず、迎えに来てくれたお父さんと一緒にいつも通っている小児科医院を受診した。お医者さんは俊介の首に触れ、耳の下に触れ、「風疹ですね。間違いないでしょう」と頷いた。風疹の症状に特徴的なリンパ節の腫脹《しゅちょう》がありますね、と。

「おれが四歳の時に風疹に罹って、それをお母さんに……」

うつしたんです、と言おうとして喉が詰まった。それ以上言葉が続かず、そのうちに声を出す力がなくなった。

「俊介が風疹に罹って、それを妊婦だったお母さんにうつした。そういうことか？　その話は誰から聞いたんだ、お父さんかお母さんがおまえに話したのか？」

俊介は俯いたまま、大きく首を横に振る。お父さんとお母さんが話したわけじゃない。

「おまえがこのことを、妹さんの耳が聴こえない原因を知ってるってことを、ご両親はご存知なのか？」

俊介はもう一度首を左右に振る。お父さんとお母さんはいまも、俊介がなにも知らないと思っている。だから自分もなにも知らないふりを続けている。話す勇気もない。

偶然、聞いてしまったのだ。

四年前の夏の日、家族で征ちゃんのおじいちゃんの牧場に遊びに行った時に大人たちが話をしているのを、耳にしてしまった。

——わかったわ。征にも厳しく言い聞かせとく。でも……美音ちゃんの難聴の原因が、幼稚園で流行《はや》った風疹だったってこと、誰が広めたのかしらね。幼稚園で風疹が流行ることなんてよくあることなのに……。誰も悪くないのに、本当に酷《ひど》い噂《うわさばなし》話をする人がいるわね。

プール遊びをしていて、全身から水滴を滴らせ、俊介は居間の縁側に上半身を乗り出していた。お母さん、水鉄砲取って。そう叫ぼうとしたら、征ちゃんのお母さんの言葉が、聞こえてきた。言っていることの意味はよくわからなかったのに、自分にとってとても怖ろしい話だということはわかった。「誰も悪くないのに」の「誰も」は、自分のことなのだと、なぜか直感で気づいた。「俊ちゃんは悪くないのに」と、おばさんは言いたかったのだ。

テーブルの隅に視線を落としたまま黙りこくっていると、

「おまえが入塾テストを受けた時、担当していたのはおれだったんだ。憶えてるか？」

と加地先生が聞いてきた。下を向いたまま、俊介は頷く。

「入塾テストの結果を、おれからおまえのお母さんに説明したんだ。何点だったかな？点数ははっきりと憶えてないけど、あんまり良くはなかったな。それでお母さんもえらく恐縮してて、これじゃあ入塾は無理ですね、って帰ろうとしてたんだ」

その話はお母さんから聞いた気がする。でも帰ろうとしたことは、知らなかった。

「おれはおまえを合格にした。合格点には達してなかったけど、そんなことは正直なところさほど関係ない。成績が伸びるかどうかは、その時点の学力よりもむしろ、子どもの性質を重要視するところがあるんだ。それでおれは、おまえなら絶対に伸びると思った。こういう仕事をしていると、時々巡り合うんだ。黙っているのに顔から、全身から、負けん気が立ちのぼっているような子に出逢《であ》う。おまえはそんなやつだった。そういう子どもには必ず、金の角が生えてくる。だからおれはおまえに、勉強を教えてみたいと思った」

知らない間に頬を伝っていた涙を手の甲で拭ってから、俊介はゆっくりと顔を上げる。

「先生はいつも……金の角って言うよね」

加地先生がそんなふうに見てくれていたなんて、全然知らなかった。人より遅れて塾に入った自分には、角も生えないだろうと諦めていたのだ。

「おれが合格だと伝えたら、お母さんすごく驚いてたな。涙浮かべて、おまえのことを頑張り屋なんだって言ってたよ」

涙ぐむお母さんの顔が、俊介の頭の中にすぐに浮かぶ。お母さんは、俊介や美音が褒められるとすごく喜ぶ。自分が褒められているような、とても嬉しそうな顔をする。

「お母さんの言葉は噓じゃなかったよ。四月に入塾してからこの半年間、おまえは本当によく頑張ってる。おまえの急成長は、Ｐアカ新宿校の講師陣の間でも話題になってるくらいだ。でも今日、おまえがどうしてこんなに頑張れるのかがわかったよ」

先生はいったん口をつぐみ、静かに息を吐き出した。

「俊介おまえ、しんどい人生だな」

先生の言葉を聞いたとたん、涙がまた溢れてきた。抑えようとして、でもどうやっても泣き声が漏れ出てしまう。先生の言ったとおりだった。これまでずっとしんどかった。でもしんどいなんてことを口にしたらいけないと思っていた。自分が弱音を口にするなんて許されないと、怯えていた。先天性風疹症候群という病気を初めて知った時。幼稚園での記憶が、その病気と結びついた時。そこからほんとに……しんどくてたまらなかった。だから頑張るしかなかったのだ。必死に頑張って、美音を守れる強い兄ちゃんになって、それだけが自分のできる精一杯だと思って生きてきた。でもサッカーがだめになって、もうどうすればこれ以上頑張れるのかわからなくなった時に、東駒のことを倫太郎から聞いた。日本で一番難しい中学校に挑んで、もし合格したなら、自分を許せるかもしれないと思ったのだ。

「なあ俊介、その年でそんな大きなものを背負うなよ。……おまえの気持ちが、おれにはわかるよ。先生にも守らなきゃならない家族がいる。でもおまえはその年で、そんな大きなものを背負う必要はない」

先生の手がテーブルの向こう側から伸びてきて、俊介の頭をそっとつかむ。

「俊介は賢い。努力もできる。ただ東駒は最難関だ。あと半年でおまえの学力が東駒レベルまで上がるかどうか、正直なところおれにもわからない。でもこの受験がおまえを少しでも楽にしてくれるなら、おれも全力で教える。応援するんじゃなくて一緒に挑戦する」

俊介はテーブルの上に置いてあったおしぼりを手に取って、両目に強く押し当てた。それからおしぼりで頬を拭い、鼻水を拭い、口元を拭ってから前を向いた。目を開くと、いままで涙で歪んでいた先生の顔がはっきり見えた。

「先生は……中学受験をすることに意味があると思いますか？」

みんなに、ここまで過酷な受験勉強をさせることに納得できないの。

だって六年生の夏休みは、人生で一度きりしかないんだから。

中学受験なんてなんの意味もないって言ってたぞ。

金と時間を使って塾に通っても、合格しなかったらどうせ広綾中に行くんだ。

勉強を頑張りたいなら、中学に入ってからでも遅くないって。

頭の中にこびりついて離れなくなっていた豊田先生や智也のお父さんの言葉を、俊介はもう一度口の中で唱えてみた。俊介の胸を刺す、小さな棘《とげ》がびっしりと付着した言葉。

「もちろんだ。じゃないと、中学受験の塾講師なんてやらないだろう？　おれは、中学受験には意味があると思ってる。人は挑むことで自分を変えることができるんだ。十二歳でそんな気持ちになれる中学受験に、意味がないわけがない」

先生はそう言って微笑むと、そろそろ塾に戻るぞと立ち上がった。

4

塾の出入り口で加地先生と別れた後、俊介は自習室に向かった。四限目の社会が始まるまでにまだ十五分ほどあったので、算数の問題を解いていようと思ったからだ。

授業中だからか自習室には俊介しかおらず、定位置になっている窓際の一番前の席に座る。いつも持ち歩いている算数のテキスト『算数発展　フィボナッチ』をリュックから取り出し、前に間違えた「×」がついている問題の解き直しをする。加地先生に、算数の成績を上げる方法はたったひとつだと教えられた。問題を解き、間違ったものに対して一つ一つ原因を分析すること。一発で正解しようとしなくていいとも言われた。丁寧な見直しと解き直し。この地道な作業がなにより大切だと。

俊介はノートの新しいページに、夏合宿で加地先生に教えてもらったダイヤグラムを書き込んでいく。

「縦軸が距離。横軸が、かかった時間。花子さんは一郎くんより二分早く学校を出ました。で、公園まで十一分歩きました、と。一郎くんが学校を出発して四分後に、花子さんとの差が一〇〇メートル。公園に同時に着きたいと思ってスピードを毎分一三メートルアップした。五分間で花子さんとの距離を縮めて、最後は公園に同時にゴール、と……。よし、完璧だ」

きれいなダイヤグラムが書けた、と満足げにノートを眺める。ここからは前にやった手順で答えを導いていけばいい。焦ることはない。パズルを一つずつはめこむように解答に近づいていくんだ。初めから一発で解答をだそうとするな。なんとなくのゴールを頭に浮かべたら、そこに向かって慎重に式を重ねていく。式ができたら絶対にミスのないよう集中して計算する。一つずつ。確実に。頭の中が動き始めると、暗い穴の中に落ちたかのように思考だけしかなくなる。呼吸をする音とシャーペンの芯が紙を滑る音。正解に向かって進んでいく自分に聴こえるのは、そんな音だけ。よし、わかる。できる。加地先生に習った解法は完璧に自分のものになっていた。

「戸田くん？　戸田くん、ここいるか？　戸田、俊介くーん」

全問正解し、気を抜いたところでやっと、自分の名前を呼ぶ声が耳に入った。慌てて椅子から立ち上がると、自習室を見回していた猿渡先生と目が合う。

「あ、ここにいたのか。入塾の記録はあったから、どこ行ったのかと焦ったよ」

猿渡先生がほっとした顔をする。遅刻したことを叱られるのかと構えていると、「ちょっと大事な話があるんだ。いまから面談室に来てもらえるかな」と言われ、思わず顔が強張る。

「これ、八月末に実施したPアカ全校統一模試の結果なんだけど」

面談室に入ると、猿渡先生が俊介の向かい側の席に座り、A4サイズの白い用紙を机の上に置いた。

算数	90点
国語	75点
理科	78点
社会	66点
総合得点	309点
偏差値	62
順位	54位／396人

白い用紙に印字された点数に目をやってから、すぐに生徒名の欄に視線を移した。生徒名は「戸田俊介」。嘘だ、と思った。偏差値が60を超えるなんて初めてだ。

「夏の成果かな、すごく上がってるだろ？　Ｐアカの統一模試はほんと難しいから偏差値60を越えたのはたいしたもんだ。きみの第一志望だと、まだあと10ほど伸ばしてほしいけど、でも都内ナンバー2の北瑛《ほくえい》なら偏差値63で合格圏だ」

猿渡先生が、中高一貫の国立中学の名前を口にする。

「あ、そうそう。ここから本題なんだけど、戸田くんは今週からＡ組に上がることになったから」

「おれが……Ａ組」

「そう。それで今日からＡ組で授業を受けるように」

「え、今日から？　ほんとに？」

クラスが上がったくらいでと笑われるかもしれない。でもその場で叫び出したくなって、ぐっとこらえる。

「あの、猿渡先生、このこと加地先生は知ってるんですか？」

「戸田くんが今日からＡ組に上がるってこと？　そりゃ知ってるよ。Ａ組の担任は加地先生だから」

そういえばＡ組の四限目は算数だな、と猿渡先生が椅子から立ち上がった。Ａ組の教室まで一緒に行こうと俊介を促してくる。三限目の終わりを告げるベルが鳴り、教室から出てきた生徒の足音がいっせいに聞こえてきた。

「じゃあ行こうか」

自習室の出入り口に向かって歩いていく猿渡先生の後を、俊介は追いかけた。A組に上がれることももちろんだけど、模試で良い結果が出たことがなにより嬉しかった。勉強した成果がでる。たったそれだけのことが、こんなに鼓動を速くする。自分は変わった。もうすでにこんなに変わっている。塾に入ってまだ半年だけど、「これまでとは違った景色」が少しだけ見えるようになってきたのかもしれない。

「A組の算数のテキストはこれなんだ。今日の授業からこれを使ってください。えーと、テキストの代金は来月の授業料に合算しておくんで、お母さんに伝えておいて」

A組の教室の前まで来ると、猿渡先生が手に持っていた算数のテキストを渡してきた。イエローの表紙に黒字で『算数発展2　ピタゴラス』と印字されたものだった。込み上げてくる喜びで胸をいっぱいにしながら新しいテキストを受け取ったと同時に、猿渡先生がA組の教室のドアを開けた。中に入ると、席に着いている全員がいっせいに俊介を見てきたので動揺を押し隠し、なんでもないふりをした。A組の教室に入るのはもちろん初めてだが、B組やC組よりずっと人数が少なく、俊介を含めて十人しかいない。一番前の右端の席に、Pアカ新宿校のトップ、赤枠のメガネをかけた宝山美乃里が座っていた。

「ああ俊介、来たか」

教室の出入り口で視線を泳がせていると、後ろから加地先生の声が聞こえてきた。振り返った俊介に向かって、

「あそこがおまえの席だ」

と空席を指差す。

俊介は小さく頷き、背筋を伸ばして空席に向かって歩いていく。倫太郎がちらりとこっちを見て、目が合うと笑いながら肩をすくめた。椅子に座り、リュックの中からノートとペンケースを取り出して、机の上に置く。

「テキスト十五ページ開いて」

という加地先生の声に、いまさっきもらった真新しいイエローのテキストのページを繰った。

よし、またここから頑張ろう。人生で一度しかない中学入試まで、あと五か月。おれは一生に一度の闘いに、この場所で挑む。

俊介は心の中でげきを飛ばす。

自分はいくつかの山を越えてきて、あといくつもの山を越えなくてはいけない。まだこれから。でもここまできた。

一番後ろの左端に用意されていた俊介の席からは、Ａ組のみんなの背中がとてもよく見えた。

第三章　金の角持つ子どもたち

1

まぶたの裏に日の光を感じ、加地はゆっくりと両目を開けた。もしかして寝坊したかもしれないと思い、枕元に置いていたスマホを手に取る。八時四十五分。よかった、セーフだ。アラームが鳴る九時まで、あと十五分も寝られる。

再び布団に潜り手足を縮めると、玄関のドアが開く音がした。チャリ、と鍵が下駄箱《げたばこ》の上に置かれる音も聞こえてきたので、縮めていた手足をうんと伸ばしてベッドを出る。

「直也《なおや》、おかえり。今日はいつもより遅いんだな」

ドアを開けてリビングに入ると、弟の直也が仕事から戻ってきたところだった。着こんだ黒いダウンジャケットから十二月の冷気が漂ってきて、加地は暖房のスイッチを入れた。

「外、寒かっただろ」

「うん」

「飯食うか？　おれもいまから朝飯なんだ。なんか作るな」

手を洗いに洗面所に向かう直也の背中に話しかけながら、キッチンに立つ。作るといっても目玉焼きとウインナーを炒めるくらいだが、それでも体は温まる。

フライパンに油をのせると、卵を二つ割り入れた。一つは成功して満月のような黄色い円を描き、もう一つの黄身は潰れてしまった。

「どうだった仕事？　今月は忙しいんだろ」

直也は五年前から、宅配会社で夜勤専門の配送ドライバーをしている。アルバイトだが、お歳暮のこの時期は毎年ほとんど休みを取れず、今年は人手不足も加わって例年以上にきつそうだ。

「忙しいけど、大丈夫」

外着からスウェットの上下に着替えた直也が、小雪《こゆき》が眠るソファに近づいていく。小雪は実家で飼っていた猫だが、直也とこのマンションに引っ越してきた時に一緒に連れてきた。真っ白な毛をしたおばあさん猫だ。

「ほい、半熟目玉焼きとウインナー。コーンスープも飲むか？」

「うん」

トースターから焼きたての食パンも取り出し、テーブルに並べた。加地がお湯を沸かしてインスタントのスープを作っている間に、小雪を抱いた直也がテーブルの前に座る。

「いただきます」

「おぉ、もうすぐコーヒーができるから、ちょっと待ってろ」

小雪を膝に置いたまま直也が食事を始めるのを、加地はそっと見つめた。

三歳年下の直也と一緒に暮らし始めたのは、いまから八年前のことだった。

それまでの直也は外の世界との接触をいっさい絶ち、中学一年生の夏からずっと、実家の自室に閉じこもっていた。

このまま一生、直也の面倒は両親が見るのだろう。

当時の加地は漠然とそんなふうに考えていて、特に弟に対して働きかけるようなことはしなかった。直也に手が掛かるぶん、自分は親を煩わせずに大人になろう。それくらいの意識だった。

だがある日突然、父親が直也に、家を出るように告げたのだという。もう我慢の限界だ。おまえは自分をいくつだと思ってるんだ。いいかげん自立しろ。そんな言葉で二十五歳になった直也を追い詰めた。母親が癌で亡くなった、二か月後のことだった。

後で聞いた父親の言い分だと、「親が甘やかすから、いくつになっても子どもが自立しないのだ」と知人に忠告されたらしい。「無理にでも子どもを家から出すべきだ」と。

だが、なんの準備もなく、無責任な誰かの言葉で身ぐるみ剝がされた直也は言われたとおりに家を出て、自立ではなく別の道――自死を選んだ。

「ごちそうさま」

「それで足りたか？」

「うん」

小雪を椅子の上にそっとおろしてから、直也が食器を流しに持っていく。

「寝てくる」

「ああ、おやすみ。おれはいつも通り、十一時過ぎに家を出るから。夕飯はなんか適当に作っとく。ちゃんと食って仕事に行けよ」

直也は椅子から小雪を抱き上げ、自分の部屋に入っていった。直也が部屋に戻るのを見届けると、加地も黄身が潰れたほうの目玉焼きを口に運んだ。


電車が遅れたせいで、Ｐアカ新宿校に着いた時には十二時を回っていた。いつもは自宅マンションからクロスバイクで三十分ほどで着くのだが、修理に出していて、ここ数日は電車通勤をしている。

「おつかれさまです」

階段を使って塾に入ると、事務の木俣《きまた》さんがたった一人で教務室に座っていた。講師陣が現れるのはだいたい午後一時くらいなので、この時間はいつもこんなものだ。

「ああ加地先生、おつかれさまです。今日は少し遅めですね」

「ええ、電車が遅れて」

さっきから何度か電話をかけていたのだと木俣さんに言われ、慌ててスマホの画面を見れば、たしかに塾からの着信がいくつもあった。リュックの奥に放り込んでいたから、気づかなかったのだろう。

「電話に出られなくてすみません。なにか用事でしたか」

「ええ。戸田俊介くんのお父さんがいらしてるんです。加地先生とお話ししたいそうで」

「俊介の？」

慌てて靴を脱いで教職員用の下駄箱に入れると、上履きに履き替えて教務室の中に入っていく。俊介の父親は十五分ほど前に来て、いま第一面談室で待っているという。

「母親じゃなくて、父親のほうですか。……珍しいな」

「なんか思い詰めた感じがしましたけど」

これまで何度か開いた入試説明会で母親には会っていたが、父親の顔を見るのは初めてだった。中学受験にそれほど関心がなさそうなイメージを持っていたが、違うのだろうか。だが父親が現れるというのは、よほどのことだろう。なにかあったのかと、加地は荷物を置くとすぐさま第一面談室に向かった。

「失礼します」

ドアを開けた瞬間、椅子に腰かけていた男性がさっと立ち上がり、「お忙しいところすみません」とお辞儀をした。その流れるような一連の動作を見て、この男性は毎日人に頭を下げる仕事をしているのだとわかる。

「こんな時間に突然来てしまい、申し訳ありません」

「いえ、一限目の授業が始まるのは五時からなので、まったく問題ありません。こちらこそお待たせしてしまってすみません。はじめまして、私がA組担任の加地です。どうぞおかけください」

父親が椅子に腰かけるのを待ってから、加地もまた腰を下ろす。

「いつもお世話になっております。戸田俊介の父です」

仕事の途中で塾に来たのか、父親はネクタイにスーツ姿だった。急ぎの用事なのだろうと気持ちを引き締める。

「さっそくですが、今日はどうされましたか」

「俊介の志望校のことで、相談がありまして」

「はい、なんでもおっしゃってください」

「その……いまこの時期に志望校を変えるということは、できるんでしょうか」

言いにくそうに切り出した父親に、加地は思わず「えっ？」と聞き直した。

「実は……志望校を、北瑛に変えたいんです」

父親が口にしたのは、都内の国公立中では東駒の次に偏差値が高い中高一貫校だった。

偏差値でいえば東駒より10ほど低いので、俊介なら十分合格圏内だ。だが急にどうしたというのだろう。昨夜も俊介は塾が閉まるぎりぎりの時間まで自習室を使い、東駒の過去問を解いていた。あの子が東駒を受験することは、自分の人生を変える意味もあったはずだ。ここへきて、その意志が揺らいだということだろうか。

「たしかに北瑛はいい学校です。俊介くんが希望されるのであれば、いまからでも変えることは可能です。もしよろしければ志望校変更の理由を――」

加地の言葉を遮るように、

「違うんです。俊介は希望してません」

父親が言葉を重ねてくる。

「ということは、お父さんのお考えですか」

状況がよくわからず、つい詰問口調になってしまう。俊介が希望していないというのは、どういうことなのだろう。

「そうです。ちなみに妻も東駒を受験させるつもりです。つまり、私だけの希望ということです」

父親が塾にやって来た時点で、なにか重大な相談があるのだろうとは思っていた。だが受験まで二か月を切ったこの時期に、親子間で志望校が一致しないというのはなかなか厳しい。

「志望校を変更することについて、俊介くんとはお話しされましたか」

「はい……いちおう」

「彼はなんて？」

「絶対に嫌だ、と。東駒しか受けない、受からなければ地元の中学に行くと言っています」

それはそうだろう。俊介は日に日に力を伸ばしてきているが、それも入塾当初からの高い目標があってのことだ。志望校を北瑛に変更すれば合格の可能性は高くなるだろうが、本人が望まないならしかたがない。

「でしたら、志望校変更は難しいのではないかと」

「それで、先生にお願いがあってきました。先生のほうから俊介に、北瑛中学を受けるように言ってもらえないでしょうか」

意外な展開に、加地は言葉を失くした。俊介の父親だという以外、自分はこの男性のことをなにも知らない。性格も職業も、どんな育ちをしてきたのかも。生徒の親だという以外なんの情報もない相手と重要な話をするのは、なかなか骨の折れる作業だ。

「実は私、息子が中学受験をすることに初めは反対していたんです」

加地はゆっくりと頷き、視線で話の先を促す。

「先生もご存知かもしれませんが、俊介は塾に通い始める前はサッカーを習っていたんです。それがある日突然サッカーをやめる、中学受験がしたい、東駒を受けるから塾に通いたいと言い出しまして」

「そうでしたね。入塾テストを受けていただいた時から、彼の志望校は東駒と決まっていました。国内トップクラスの最難関校を目指すなんて、なかなか骨のあるお子さんだなと感心したのを憶えています」

俊介が入塾テストを受けにきた日のことはよく憶えていた。六年生用の入塾テストは、転塾してくる生徒を想定して作られている。そのためかなり難しいのだが、彼はその難問を前に諦めることなく食らいついていた。意志の強そうな子だなというのが、第一印象だった。

「俊介が東駒を志望しているのは、あの学校が公立だからです。うちの経済状況を考えてそう決めたんだと思います。『日本一難しい中学校を受験する』『でもそこが不合格だったら、地元の公立中学に進む』俊介はそんなふうに私を説得しました。それで私も塾に通うことを許したんですが……」

それまで淡々と話していた父親が口を閉じ、思い詰めた視線を卓上に立てられた冊子に向ける。Ｐアカデミーが毎年発行している「合格者体験記」。今年度の冊子の冒頭には、東駒に合格した生徒へのインタビュー記事が掲載されている。

長い沈黙の後、

「先生、私は息子のことをまったく信用していませんでした」

父親がぼそりと呟いた。

意外な一言に戸惑い、加地はすぐに言葉を返せなかった。

「日本一難しい学校なんて、はなから無理だろうと決めつけて……。いや、どうせ途中で音を上げてやめるだろうって、そんな気持ちで塾に通わせたんです」

もちろん表面的には応援してきたし、授業料も出してきた。でもこれまで、息子が合格すると思ったことなど一度もなかったのだと、父親が言葉を詰まらせながら打ち明ける。

「そうでしたか……」

うちの子を絶対に志望校に入れてください。なんとしてでもお願いします。

そんな願いを持って相談に駆け込んでくる父親や母親には、これまで何度か遭遇してきた。だが「合格すると思ったことなど一度もなかった」と口にする親は初めてだった。

「私は……大学には行ってないんです。職業は自動車の販売員です。十九歳の時から三十八歳の今日まで、人生の半分、車を売って生きてきました」

特に希望して就いた職業ではなかったが、それでも家族を養っていくだけの給料はもらえた。最高の待遇とはいえなくても、それなりに不満なく働いている。ただ、出世は望んでいない。周りを見ていると、昇進していくのは大卒の人間がほとんどで、自分は社会に出てから学歴社会というものの実態を知ったのだと語る父親の表情は、問題を解けずに悩んでいる時の俊介とよく似ていた。

「息子が中学受験をしたいと言い出した時、私は反対しました。いま考えれば、私は息子に、自分の人生を否定されたような気がしたのだと思います」

話は大きく迂回《うかい》して、予想外の場所に着地する。だが加地は、父親が語る彼自身の人生に無言のまま耳を傾けた。

「息子は……俊介は、自分と同じような道を歩む。私は息子が生まれた時から勝手に決めつけていたんだと思います。高校を卒業するまではスポーツに打ち込んで、体力と根性を培って、どんな厳しい環境でも歯を食いしばって耐えられる男になってほしい。勉強なんかできなくても、学歴なんかなくても立派に生きていける。そんな、自分と似た人生を送るものだと思っていたんです」

ひと息に感情を吐き出すと、父親はまたふつりと黙り込み、下を向いた。

「体力と根性は、私も大切だと思いますが」

加地の言葉に、父親がゆっくりと顔を上げた。

「でもその裏側には学歴へのコンプレックスがあるんです。いい大学を出て出世していく人間への僻《ひが》みやエリートへの嫌悪が。だから俊介が中学受験をしたいと言った時、まさか息子がそんな人生を選ぶのかっていう戸惑いがありました。……息子に嫉妬したのかもしれません」

父親はまるで懺悔《ざんげ》でもするように、加地を見つめてきた。

「でもいまは、中学受験を応援されている」

「はい。いまは、俊介を合格させてやりたいと強く思っています。でもさすがに東駒だと厳しい。飯を食う間も惜しんで頑張る息子を見ていると、どうしても合格させてやりたくなりました」

父親は加地の目を見たまま、ふっと息を吐いた。思いを口に出したことで楽になったのか、張りつめていた表情が少しだけ緩む。

「志望校を変えよう。合格の可能性がある学校にしよう。ここ最近何度か俊介を説得しましたが、聞く耳を持ちません。でもそれはきっと、私が中学受験を許す時に『東駒なら受験してもいい』と言ったからだと思います。あの時の約束があるから、俊介は意地になっているんじゃないかと……」

加地が二十九歳の時に塾講師になってから、今年で七年が経った。保護者面談も数えきれないほど重ねてきた。経験を積んでいくうちに自分なりのマニュアルも数パターンストックし、保護者のこうした相談の時にはこう言う、といったキメ言葉もいくつか持っている。だが目の前にいる父親にはなにを伝えればいいのか、正直わからなかった。ほとんど面識のない塾講師に対して、ここまで自分の感情や人生をさらけ出す人が初めてだったからだ。

「戸田さんのお気持ちは、とてもよくわかります」

迷いながらも、加地は言葉を繋いだ。

「いまの俊介くんの成績だと、北瑛を受験するのが安全だと思います」

「やっぱりそうですか。だったら」

「ですが、東駒に合格する可能性がないとは言えません。たしかに日曜特訓の模試の判定では、DかE。C判定は三回だけだったと記憶しています。それも苦手な社会で、得意な分野が出た時のみです」

六年生の四月から入塾した俊介にとって、暗記教科が天敵となった。四年生、五年生の単元がごっそり抜けているからだ。国語の漢字も弱い。積み重ねと繰り返しが必要な科目は、絶対的に時間が必要で、直前の努力だけではどうにもならないところがある。

「やっぱり北瑛に志望校を変えたほうが」

父親がすがるような目を加地に向ける。だが加地は頷くことなく、

「戸田さんは、中学受験の一番の利点がなにかご存知ですか」

と問い返した。

「一番の利点？　さあ、なんですか」

「それは、たとえ不合格になっても通う学校があるということです。受け入れてくれる

場所があるということです」

「ああ……でもそれは」

「受験塾の講師がこんなことを言うのはよくないんでしょうが、合格か不合格か、中学受験はそれだけではないと思います。いい受験だったか。そうでなかったか。それが最も重要なことだと私は思っているんです」

　不合格になったからといって、なにかを失うわけではない。それが中学受験なのだと加地は言葉に力をこめる。

「なにかを失うわけでは……ない」

「はい。戸田さんはもし俊介くんが東駒に落ちたら、あの子への信用を失くしますか？　ダメなやつだと見損ないますか？　二月の合格発表後には、ただあの子が積み重ねてきた努力だけが残ります。合格、不合格。そんな判定とは関係なく、あの子がここまで頑張ってきた時間が残るんです」

　父親として志望校の変更を勧めるのはまったく構わない。でも、それでも俊介が東駒を受験したいと言うのなら挑戦させてやってほしいと伝えると、父親は一度深く息を吸い込み、大きく頷いた。

「わかりました。ありがとうございます」

　父親が立ち上がり、定規で線を引いたようなきれいなお辞儀をする。加地も慌てて椅子から腰を浮かせて頭を下げる。

「先生、入試までどうか俊介を支えてやってください」

「私も講師として、できる限りの努力を最後まで続けるつもりです」

父親を見送り、加地も教務室に戻った。授業が始まるのが五時からなので、それまで事務仕事をするつもりだった。おそらく今夜にでも、父親は志望校について俊介と再度話し合うだろう。だが俊介がどちらの学校を選んだとしても、ただ自分は最善を尽くすだけだ。これは俊介の受験だから、あの子の選択を応援してやりたいと思う。

「俊介のお父さん、なんの相談だったんですか」

教務室にある自分の机の前に座ると、いつからそこにいたのか背後から猿渡が聞いてきた。加地もそうだが、新人講師の猿渡もほとんど毎日早めに出勤して、手の込んだプリント作りなんかをやっている。

「志望校を変更したいっていう相談だった。東駒から北瑛にっていう」

「え、まじで？　でもぼくもそれ、思ってました。北瑛ならかなりの確率でいけると思うんですよ」

「ああ。おれもそう思うよ」

「それじゃあ、変更することに？」

「いや、東駒のままでいいくんじゃないかな」

言いながら電源を入れ、パソコンを立ち上げた。今日中に作っておきたい資料があったので、椅子を回して猿渡に背を向ける。

「じゃあ父親の意見は却下ってことですか」

よほど気になっているのだろう。猿渡が椅子を移動して、加地の隣に並んでくる。

「却下っていうか、話をしていくうちに、応援する気持ちになってくれたみたいだ。俊介の思いを優先することが大事なんだと、わかってくださったよ」

「まあ、それはそうですけど……。でもどうして加地先生も、そこまで東駒にこだわるんですか。先生が説得すれば、俊介だって北瑛を受ける気になると思いますよ。倫太郎には北瑛を勧めたじゃないですか」

「倫太郎は自分から志望校を変更したいと言ってきたんだ。先月の模試の結果が悪かったから」

そうなんですか、と呟きながら、猿渡が隣の机にあるパソコンを操作して、模試の結果を画面上にアップした。

「あー、こりゃへこみますよね。納得」

パソコンの画面を凝視したまま、猿渡が顔を歪ませる。十一月の東駒中合格判定模試で、倫太郎は受験者百四十二人中、百二十位だった。

倫太郎が志望校のことで相談に来たのは、いまから半月ほど前、模試の結果が出た翌日のことだった。

Ａ組の算数の授業が終わった後、教室を出ていこうとする加地に「ちょっといいですか」と倫太郎が声をかけてきた。

「おお、なんだ。……倫太郎？」

加地のすぐそばまで来ると、倫太郎が顔を隠すように俯いた。物静かな倫太郎の涙を、加地はその日初めて目にした。

「どうした、なんか悩みごとがあるなら聞くぞ、なんでも言ってみろ」

「ぼく東駒受けんのを……」

途中まで言いかけて、また唇を引き結んでしまった倫太郎の代わりに、

「やめたいんだな」

と加地は口にした。硬い石が喉にひっかかり、それを必死で飲み込もうとしているような、そんな苦しそうな顔で倫太郎が加地を見つめてきた。

「おれはやめてもいいと思うぞ。おまえがここならと思う学校に、いまから志望校を変更すればいい」

「変更……していいんですか」

倫太郎が驚いた顔で聞いてきた。

「ああ。逆に、どうして変更したらいけないんだ？　みんな普通にやってるぞ」

倫太郎が東駒を目指す理由は加地も知っていた。父親が卒業生で、兄も通っている学校だからだと前に教えてくれた。父親や兄と同じ学校に通いたいのだ、と。

「でも変更したら……お父さんががっかりするから……」

「そんなことは気にするなよ。受験はお父さんのためにするんじゃない。もちろんお兄さんのためでも、お母さんのためでもない。倫太郎がここまで頑張ってきたのは、自分自身のためだろう？　おまえの受験なんだ。おまえが志望校を決めればいいんだ。なにを言われたって気にすることはない」

都内にはたくさんの中学校がある。倫太郎に合う学校は、他にも必ずあると伝え、後日、倫太郎の両親も交えて話し合った。

「あっ、でも加地先生、俊介のほうがもっと下位ですよ。百二十三位です」

手の中でくるくるとマウスを動かしていた猿渡が大きな声を出したので、木俣さんが顔を上げる。

「知ってる」

「だったら俊介も北瑛にしたほうが無難じゃないですか」

納得がいかない、というふうに猿渡が眉を下げて加地を見つめてくる。

「倫太郎と俊介は違う。同じように指導してどうする」

「えー、でもはっきり言って、学力的にはほぼ同じですよ。どっちかっていうと倫太郎のほうが上なくらいで」

「学力が同じだとしても、性格が違う」

「え、性格ですか？」

驚く猿渡に向き合うよう、加地は再び椅子を回した。

「おまえも小学校の教師をしていたからわかるだろう？　俊介は周囲の状況によって自分の立ち位置を変えることのできる柔軟性のある性格だ。気分にむらもないし、自分の感情を抑えることもちゃんとできる。それがちょっと可哀そうな時もあるけどな。あいつはもし東駒が不合格だったとしても、地元の中学に進んで高校受験で必ず挽回《ばんかい》できるさ。でも倫太郎は違う。あいつは一見おとなしいからわかりづらいが、こだわりが人より強いし、周りの環境に大きく左右されるタイプだと思わないか？　一度殻に閉じこもったら、出てくるのに時間がかかる」

塾の講師は勉強だけ教えていればいいように思われがちだが、そうではない。生徒に合った進学先を一緒に考えるのも大事な仕事だ。

「たしかに、おっしゃる通りで。俊介は間違いを指摘すると素直にすぐ直しますけど、倫太郎は自分が納得するまでは前に進めないというか……」

頑固なところがあるもんな、と猿渡が頷きながら眉をひそめる。

「公立高校の受験には、中学三年間の内申点が大きくかかわってくるんだ。内申点は定期テストの結果に加えて平常点ってやつが入る。この平常点ってのが厄介でな。どれだけ要領よくやるか、教師に好かれているかっていう点数だとおれは思ってる」

「でもそれを言ったら、東駒にも小学校から報告書を提出するじゃないですか。あれは中学でいうところの内申書ですよね。倫太郎、通知表ではかなりいい評価もらってますよ」

国立中高一貫校や都立中高一貫校を受験する際には、報告書といって、小学校の担任が作成した書類を提出しなくてはいけない。報告書には学校の成績や活動報告などが記載されるが、それも合否の判定に関わってくる。

「たしかに倫太郎の小学校の成績はいいな」

「そうですよ。五年の三学期なんて最高評価のオール３ですよ。六年の担任も、五年からの持ち上がりだから好成績をキープするはずです」

「それだよ、猿渡」

得意満面の猿渡の鼻先に、人差し指を向けた。

「は？　それってなんですか」

「倫太郎は、いまの担任が好きだとよく言ってるよな？　きっとあいつの性格に合った、子どもたちの言葉にしない真意までくみとるような、目配り気配りができるタイプの教師なんだろう」

「そういえば、そんなこと言ってましたね」

「でも中学は教科ごとに教師が変わる。九教科の担当が全員、倫太郎に合うわけじゃない」

「ですよね。ぼくも大っ嫌いな先生いましたもん」

「その大っ嫌いな先生の前で、倫太郎が力を出しきれると思うか」

「いや、まったく思いません」

「中学の怖さはそこなんだ」

いったん教師を嫌いになってしまうと、その教科までをも毛嫌いしてしまう。頑張ろうとも頑張りたいとも思わなくなる。教師への信頼度で成績がガラリと変わってしまう。繊細な性格の子どもほど、学校選びが重要なのだと加地は続けた。

ヒュウ、と猿渡が口笛を吹く。上目遣いで睨むと「すんません」と頭を掻《か》きながら「的確な分析ですね」と笑いかけてくる。分析か。そうだ分析だ。将棋を指すように先を読みながら次の一手を考える。プロの塾講師はそういう存在でなくてはいけないとは思っている。

「それで倫太郎は北瑛で、俊介はそのまま東駒なんですね」

「そうだ」

「そうですよね。中学受験はあくまでも通過点ですもんね。子どもたちがこの先育っていく中でまだまだたくさんのチャンスがあるわけで」

「チャンスもあるし危機もある」

その危機を、現時点で予測して可能な限り回避する。それが中学受験を担う塾講師の、重要な役目でもあるのだ。

加地がパソコンの作業に戻ると、

「それより、さっきからなにしてるんですか」

とまだ近くにいた猿渡が肩越しからのぞいてくる。

「都内の私立、公立中学校の受験情報一覧を作ってる。学校によっては昨年までは郵送だったところが、今年からインターネット出願に切り替わっていたりするからな。十二月からネットでの情報入力や検定料の支払いが始まる学校もあるから、保護者に告示しておくんだ」

「そんなの各家庭に任せればいいんじゃないですか。わが子の受験だし、さすがにちゃんとやるでしょ」

「いや、初めて中学受験を経験する保護者も多い。ちゃんとやっていても見落とすことはある」

「志望校別特訓、冬期講習、正月特訓、直前特訓に保護者面談。ただでさえ準備しなくちゃいけないことが多すぎて死にそうなのに、こんなことまでやってるんですね」

猿渡が大袈裟なため息をつくので、「そういう仕事だ」と返す。

「ほんとに加地先生は仕事が好きですね」

ぽつりと言い残すと、ようやく猿渡がサンダルの音を立てながら自分の席に戻っていった。


午後四時を過ぎると、生徒たちが次々に塾に入ってきた。個人のＩＤカードを塾の受付の機械に通す、ピッという音が鳴り続けている。

今日は一限目がＡ組の授業だった。十二月に入ると、塾内の空気がとたんに張りつめてくる。だがそれは冬が深まったからという単純なものではなく、受験本番まで二か月しかないという緊張感と焦燥感が生徒から、あるいは講師たちから立ち上ってくるからだ。

加地がＡ組の教室のドアを開けたとたん、ゾンビでも現れたかのように生徒たちの話し声が止まった。十人の生徒たちの真剣な目が、いっせいに加地に向けられる。

「よしみんな、席に着けよ。ってちゃんと着いてるな」

先月から始まった志望校別特訓に加え、今月下旬からは冬期講習が始まる。そこから二月の本番まではノンストップだ。驚くほどのスピードで時間は流れていくので、この時期は生徒たちの心の状態を慎重に見守っていかなくてはいけない。

「じゃあテキスト『ピタゴラス』、三十六ページを開いて。時間がもったいないからすぐ始めるぞ」

加地が声をかけると、十人が同時にテキストのページを繰った。紙が空気を動かすザッという音が教室に響く。

中学入試で出題される算数の範囲はとてつもなく広い。学校によってもちろん難易度はさまざまだが、計算問題、文章題、平面図形、立体図形問題がまんべんなく出題される。四年生から塾に通っている生徒たちは、それぞれの単元に時間をかけて丁寧に知識を積み上げてきた。だが俊介と倫太郎は、それらの解法を急ピッチで習得していかなくてはならず、二人には通常の宿題の他にも四年生、五年生で使う算数プリントを特別課題として与えていた。

「よし、いいか。いまから大問一を解いてくぞ。これは一昨年の東駒の入試問題だから、気合入れて解いてくれ。時間は五分」

十二月のこの時期は、どの教科も入試の過去問題に取り組み始める。これまで身に付けてきた知識がどこまで通用するか、それを生徒自身にも実感させる。だが最難関校の入試問題は、教師たちが学校の威信をかけて作成するもので、そうたやすく解けるものではない。

タイマーを五分に合わせ、加地は生徒たちに問題を解かせた。「始め」と口にした瞬間、子どもたちの顔が引き締まり、テキストの問題をにらみつける。加地は子どもたちが手を動かす姿を見ながら、最難関校の問題にどの程度対応できるかを把握する。ざっと見た感じでは、時間内に最後まで解けた生徒は二、三人といったところだろうか。

「はい終了。鉛筆置いて前を向くように」

加地が声をかけると、子どもたちがいっせいに手を止め、顔を上げた。

「じゃあ解説するからな。これは速さの問題だってことはすぐに気づくだろう。速さといえばまずなにを頭の中に思い浮かべる？　はい倫太郎、答えて」

「速さ、距離、時間の図式です」

「そうだな。速さ、距離、時間の図式を頭の中にさっと書く。それで問題文にある具体的な数字をこの図式にあてはめていくと、だな」

ホワイトボードの上に黒マーカーを滑らせながら、加地は倫太郎と俊介の表情を窺《うかが》った。

「速さ」は五年生でやった単元だが、二人にとっては今年の夏合宿で習ったばかりだ。だがそれはしかたがない。遅れてスタートしたなら、人の何倍も努力して取り戻せばいいだけの話だ。

「よし、じゃあ次の大問二にいくぞ。これは平成三十年の桜明館の入試問題だ。桜明館は毎年必ず『数の性質』『規則性』から出題してくる。つまり、数の扱いがきちんとできるかどうかが試されているんだ。『数列』や『数表』は東駒も好んで出題する単元でもあるから、東駒志望の者は桜明館の過去問にも目を通しておくように。この問題も五分で解くぞ。よーい、始め」

加地の合図に、子どもたちの手が動き出す。まだ十二歳。あるいは十一歳。だが幼さなど微塵《みじん》も感じさせない成熟した眼差《まなざ》しに、加地の全身にも熱いものが駆け巡った。


午後九時四十五分。本日最終の五限目の授業が終わると、生徒たちは足早に教務室の前を通り過ぎていった。退室の記録を残すＩＤカードのピッという音が、一日が無事に終了したことを告げる。

「加地先生、バイバイキーンっ」

「おお。気をつけて帰れ」

学校が終わってから、さらに五時間近く勉強したというのに、子どもたちの笑顔は消えない。ここで働き始めてからずっと感じていることだが、子どもというのは本当にタフだなと思う。八時間労働の大人よりきついスケジュールをこなしている。もしかすると子どもという生き物は、そこらの大人より体力があるのかもしれない。

「先生、さよならー。また明日」

今日は自習室での居残りをしないのか、俊介と倫太郎が手を振ってきた。なにを話しているのか、二人が楽しそうに肩を寄せ合いエレベーターまで歩いていくのを、加地はその場に立って見送った。今日、自分の父親が志望校の変更を訴えに来たことなどまるで知らないのだろう。俊介の背中にはやる気が漲っている。

「今日も頑張ってましたね、あの二人」

机の引き出しから飴の入った箱を出していると、猿渡が声をかけてきた。

「ああ、すごく頑張ってる。入塾してまだ八か月とは思えない成長ぶりだ」

もともと努力ができる子どもたちだが、A組に上がってからはいままで以上に気合が入っている。授業のない日も塾に来て、わからない問題を質問していた。

「みんなほんと、元気ですよね。おれなんてもう、腹が減って死にそうですよ」

そういえば今日の猿渡は、生徒から質問攻めにあっていた。少し長めの休憩時間も自習室に呼ばれていたような……。箱の中からバター味の飴を二つ取り出すと、加地は「これやるよ」と猿渡に一つ渡し、もう一つを自分の口に放り込む。

「やった。ありがとうございます。ていうか加地先生、いまから飯食いに行きませんか」

「いまから？　もう十時過ぎてるぞ」

「ええ。でもおれ、夕飯食いそびれちゃって、家に帰るまでもちそうにないんですよ」

疲れを滲ませた猿渡の顔が、一瞬、直也と重なった。猿渡と直也は違う。「家に帰るまでもちそうにない」なんて、ただの軽口だと頭ではわかっている。だが無防備な横顔が気になって、加地は「よし、行くか」と立ち上がった。普段は最後まで残って戸締りをして帰るのだが、今日だけは他の講師に託した。

向かった先は駅前にある焼き鳥のチェーン店で、猿渡が生ビール中ジョッキの無料クーポンを持っていると言うので、あっさりそこに決めた。

「おつかれさまです」

ジョッキをカチンと合わせ、乾杯をする。いつもたいてい十一時過ぎまで塾に残っているので、仕事帰りに同僚と食事するなんてことはめったにない。

「おつかれ」

まだまだだけどな、疲れるのはここからだけどな、と加地が口にすると「怖いこと言わないでくださいよ」と猿渡が唇を尖らせる。猿渡は加地より八つ年下の二十八歳だが、童顔なのと服装が洒落《しやれ》ているのとで、大学生といっても通用しそうだった。高学年の男子生徒の間からは「猿ちゃん」と呼ばれ親しまれている。

「十二月に入ってから、なんか塾の空気が変わりましたね。密閉された小さな場所に閉じ込められて、下から徐々に水が溜まっていく息苦しさを感じるというか。ほら、映画とかでそういうシーンあるじゃないですか。腰まで水がきた、肩まで水がきた、ついに顎の下まで……ああ、もうだめだっ、溺れるっ。早く助けてくれーっ。みたいな」

従業員がボウルに入った大盛のキャベツを運んできたのを、加地は手を伸ばして受け取った。

「おまえ、入試は初めてだもんな。新入社員とは思えないほど馴染んでるし、授業も堂々としてて、さすがは経験者だと感心してるよ」

元は小学校の教員だったという猿渡の転職理由を、聞いたことがないなと加地は思った。こんなふうに二人きりで飲みに行くことなどなかったし、言いたくないことかもしれないのであえて問うこともしなかった。

「いやいや、新人なのに受験生の担任をもたされるなんて、Pアカの人事ってどうなってんですかね。まったく」

「上が、できると判断したからだろ。実際にやれてるんだし、おまえは優秀だよ」

「ほんとですか。いやあ加地先生に褒められると嬉しいなー。生徒たちの気持ちがわかりますよ」

冗談とも本気ともつかない言葉を口にし、猿渡が二杯目のビールを勢いよく飲んでいく。飲み方が若いなと感心しつつ、加地はつまみのキャベツを口に運ぶ。

「でもやっぱり、小学校の授業と塾とでは全然違いますね」

少し酔いが回ってきたのか、猿渡の頰にほんのり赤みがさしてきた。

「そうか。おれは学校で教えた経験がないからその辺はわからないな。小学校の教師というのは、大変なんだろう？」

「ええ……でもぼくは常勤講師だったんですよ。雨木《あまき》塾長からは『以前は小学校の教員をしていて』なんて紹介されましたけど。……まあそれも嘘ではないんですけどね」

猿渡が一瞬だけ顔を歪め、またいつもの人懐っこい笑顔に戻る。

「加地さんは臨時的教員、いわゆる常勤講師の立場ってわかりますか」

猿渡がへらっとした笑みを消し、真顔になった。

「非正規採用ってことだろう」

「そうです。じゃあ仕事内容はわかります？」

「いや、詳しくは知らないな」

「じゃあ教えて差し上げましょう。まあ一言でまとめるとすれば、正規教員と同じです。朝の七時過ぎに登校して、家に帰るのはたいてい夜の十時過ぎ。担任も持たされるし、クラブ活動の顧問もするんですよ。ちなみにおれはソフトボール部を受け持ってたんですけどね。多い月にはひと月で百時間を超える残業もして、ある年次は新人正規教員の指導役までやらされて」

「それは大変だな」

「大変でしょ？　大変なんですよ。ぼくら常勤講師には指導教員なんて付けてもらえないから授業も独学でやってきたのに、なのに新人には教えなきゃいけないわけですよ。

で、で、で、ここからが愚痴のクライマックスですよ。ちゃんと聞いてください。それなのに、常勤講師は正規教員の給料の六割ちょっとしかないんです。もちろん昇給なんてありません。一年契約ですからね。一年働いたら三月末に解雇され、四月からまた契約してもらえるか連絡を待つってわけですよ」

退職手当なし。扶養手当なし。有給休暇の翌年度への繰り越しなし。夏休みは原則一か月間解雇され、その間は部活動の指導をしても、校外学習の引率をしても、生徒指導をしても、すべて無給。猿渡の話が事実なら、転職したくなるのも当然だろう。

「よかったな、そんな劣悪な職場を離れられて」

だからといって塾講師の待遇がいいのかと言われると、自信を持っては頷けない。だがこの業界は、結果を残せば、それだけの評価と報酬を得ることができる。

「はい、……よかったです。でもぼく……先生したかったんですよね。小学校の教員にずっとなりたくて……悔しいです」

酒に強いのかと思っていたら、そうでもなかったらしい。猿渡がいきなり泣き出した。両目にティッシュペーパーを押しつけ涙を吸わせている。

「バカおい、泣くな。こんなところで」

「すみません。……採用試験に受からないぼくが悪いんですけどね。あー、でもなんで受からなかったのかな」

嘆く猿渡の話を聞きながら、加地は現在の学校教育のひずみを感じていた。将来的に少子化になった時、正規教員を安易に解雇することはできない。だから増減可能な調整弁として常勤講師をストックしているという猿渡の言い分は、間違いないのだろう。でもそんなことでは公立小学校、中学校の教師のやる気がさらに低迷していくのではないか。教師の質が悪化していくのではないだろうか。

二杯目のジョッキが空いたので店員に水を頼むと、猿渡が顔を上げた。

「すんません。思いっきり愚痴ってしまいました」

「いいさ。おまえの心の内を聞けてよかったよ」

Ｐアカには正社員として採用された猿渡だが、生徒たちの評判は上々だ。生徒に行うアンケートの結果も高得点だし、理科の授業になると熱のある大きな声が教室の壁越しに聞こえてくる。

「ぼくね、見返してやりたいんですよ」

「誰を見返すんだ」

「もちろん教育委員会のやつらですよ。めちゃくちゃいい授業して、Ｐアカの生徒たちの学力を驚くほど引き上げてやるんです。そしていつか加地先生みたくトップ講師になって、なんの努力も改善もなくゆるゆる正規教員やってる教師たちを見返してやりますよっ」

「おいおい、うちの生徒をおまえの復讐《ふくしゅう》の道具にするな」

「そうです。これは復讐なんですっ」

よし今夜は飲むぞー、と猿渡が空っぽになっていたジョッキを持ち上げたので、水の入ったコップに取り換えた。ここまで酔っ払えば、後は水でもビールでもどっちでもいいだろう。猿渡がコップの水を喉に流し込む。

「復讐なんて言わずに、いまのまま気持ちのこもった授業をしろよ。新宿校の六年生は他校に比べて理科の成績がいいだろ？　それがおまえへの評価だよ。熱を入れて教えれば子どもは応えてくれるさ」

自分が必死に頑張れば、子どもたちが応えてくれる。それがこの業界なのだ。

「……あの、ちょっと聞いていいですか」

そろそろ店を出ようと会計を頼みかけたところで、猿渡が珍しく遠慮がちに聞いてきた。たまには後輩の悩み相談も引き受けるかと、加地は座り直す。どうせこの先、忙しさが増していくばかりなのだ。いまから二月の受験が終わるまで、年末も正月もないのが塾の講師だ。

「加地先生はなんで塾の講師になったんですか」

悩みを打ち明けられるのかと思っていたので、突然自分のことを聞かれて顔が強張る。動揺を隠すために水の入ったコップを手に持ち、口に含んだ。

「おれのことはいいさ。それよりおまえ、理系だったら算数も教えられるのか」

話を深掘りされると面倒なので、無理やり話題を変える。

「いや、ぼく自身が中学受験を経験してないんで、xを使わずに解く小学生の特殊算はいきなりは無理ですよ。ぼくがいま教えられるのは理科だけです。そういや加地先生は算数以外の教科もなんでもできるって、雨木塾長に聞いたんですけどほんとですか。加地先生も転職組なんですよね？　転職前はなにやってたんですか」

だが会話は方向転換できず、気が乗らない方へと進んでいく。Ｐアカに転職するまでなにをしていたかあまり他人に話したいことではないし、塾内でも人事部以外は知らないことだ。

「普通の会社員だ」

「どこ勤めてたんですか？　加地先生の頭脳は全Ｐアカでもトップクラスだって聞いてますけど？」

猿渡が店員を呼び止め、ビールを一杯頼んだ。

「教えてくださいよー。Ｐアカに来るまではなにしてたんですか」

これ以上はよせ、と加地は止めたが、猿渡は新しいビールに口をつけ、ほとんどひと息に半分飲み干してしまう。そしてその直後、両手で口元を押さえ、「トイレ行ってきます」と立ち上がった。

やれやれ相当酔ってるな、と右手で首筋を擦《こす》りながら加地はテーブルの上に置いていたスマホを手に取り、直也から連絡がきていないかを確認する。よかった。大丈夫だ。体調が悪くて仕事に行けない時は必ず連絡をするようにと伝えてあるので、今夜も無事に職場に向かったのだろう。

Ｐアカデミーに転職する前の加地は、都内の証券会社で働いていた。大学では工学部に在籍していたにもかかわらず、講義で経営学や経済学を学び、それがあまりに面白くて大学院に進むのをやめ、方向転換したのだ。証券会社に入社すると株式調査部に配属され、アナリストとして投資家の利益につながる情報を提供した。当時の加地が担当していたのは、東京証券取引所に上場する運輸業界の大手企業約二十社。あの頃は午前七時半に出社し、午前九時に証券取引所で始まる取引に備えるといった朝方の生活を送っていた。退社した後もカフェや自宅で株価の推移や取引状況、業界の動向などの情報収集に時間を割いた。

実家を出たのは、初めてのボーナスを手にした二十三歳の時だった。大学時代からつき合っていた彼女との結婚を見据え、これまで以上に仕事に打ち込もうと、会社近くに部屋を借りた。

「結婚するまでは、ここで一緒に暮らせばいいのに」

独り暮らしを始めると告げた時、母親にそう言って引き留められた。だが「会社に近いほうが、なにかあった時にすぐ動けるから」とありきたりの理由をつけて母親の懇願を振り切り、家を離れた。その頃の実家は役所に勤める父親と専業主婦の母親、弟の直也との四人暮らしで、自分が家を出てしまえば母親の話し相手がいなくなることもわかっていた。だがそれでも自分は、引きこもる弟と暮らす息苦しさから、解放されたかったのだ。

実家を離れてからの数年間、家族三人がどのように暮らしていたのかをほとんど知らない。仕事が忙しいと言い訳し、正月以外は滅多に帰らなくなった。ワンマンで厳格な父親と、働きもせず家にこもる弟がいる家になど、顔を出す気にもならなかった。

だから、母親が亡くなって二か月後、八年前の冬の日の夜中に、父親から加地の携帯に電話がかかってきた時は不吉な予感しかしなかった。嫌な予感は的中し、父親は電話で、直也が飛び降り自殺を図ったことを告げてきた。直也が身を投げた場所が加地が住むマンションの最上階だったと聞いた時には、周りの音はもうなにも聞こえなかった。

「すみません、長くなって」

トイレから戻ってきた猿渡は、ずいぶん正気が戻っているように見えた。顔を洗ってきたのか、さっきより顔つきがしっかりしている。

「大丈夫か。そろそろ帰るか」

もう十二時を回っていたので伝票を持って立ち上がると、「最後にひとつだけ聞いていいですか」と猿渡が引き留めてくる。

「なんだ？」

「加地さんはどうして塾の講師になったんですか。さっきの話の続きです。どうしても知りたいんです」

酔いが醒《さ》めたのか、猿渡は生真面目な顔をして真正面から問いかけてきた。その真剣な眼差しに、加地は重い口を開く。ただ、答えは一つではない。

「子どもたちに武器を与えたいからだ」

「武器？」

「ああ。勉強ができるってことは、それだけで武器になるとおれは思っている。勉強は、これといって取柄のない子どもの拠り所になるんだ。親から受け継いだ、社会での立ち位置を覆せる。……なあ猿渡、リーマンショックって知ってるだろ？」

突然の問いかけに、猿渡は一瞬ぽかんとし、

「まあワードだけは」

と頷く。急に何を言い出すのだと、その声は不審げだ。

「リーマンショックは、おれが社会人一年目だった時に起こったんだ。アメリカのリーマンブラザーズという投資銀行が破綻して、その後、百年に一度といわれる世界経済の

停滞が始まった」

　リーマンブラザーズが破綻したというニュースが流れた日からしばらくは、加地が勤務していた証券会社も混乱し、通常の業務が滞った。社内では終日電話が鳴り響き、売却注文、積み立て投資の休止や解約が殺到した。新人だった加地も上司に命じられるまま顧客対応に走った。

「あの時……。リーマンショックのせいで世の中が大不況に陥った時、おれは生まれて初めて、社会が厳しいってことを肌で実感した。生きるってことは、そう甘くないんだと本気で思った。最終回裏、ツーアウト満塁のピッチャーマウンドにいきなり立たされたような気分だった」

「ツーアウト満塁のピッチャーマウンド？　点差はどれくらいあるんですか」

「同点だ」

「同点で満塁は厳しいですね」

「でもいまの子どもたちは、もっと厳しい場所に立たされるんだ。いまの日本は、おれやおまえが社会に出た頃より、さらに危機的な状況にある。この時代、社会に出て初めて立つマウンドが、ノーアウト満塁の場面だよ。自分に自信がなけりゃ、そのまま逃げてしまいたくなる状況だ」

「だから、武器を持たせるんですか」

「そうだ。努力することの確実さを、小学生の頃に肌で覚えてほしいとおれは思ってる。勉強は努力を学ぶのに一番適した分野だ。学力は人生を裏切らない。到達点はもちろん人それぞれ違うものだが、勉強に関していえば、努力をすれば必ず結果がついてくる」

直也が不登校になったきっかけは、中学の授業がわからないことだった。英語だったか、数学だったか。小学校に比べて急に難易度が上がったことに、順応できなかった。

「勉強がわからないから、学校に行くのが嫌だ」そんなことを母親に訴えていた記憶が頭の片隅に残っている。勉強についていけない。ただそれだけのことで、直也はあらゆることに自信を失くしていった。自分をダメな人間だと蔑み、人目の無い安全な場所に引きこもってしまった。

「いまは子どもに過剰な勉強を押しつける、教育虐待も問題になっている。無理強いをすればいいわけじゃない。でもその子に合った方法で、その子が持っている学ぶ力を最大限に引き出してやれば、子どもたちの未来は開けるんだ」

「たしかに加地先生の言う通りかもしれませんね。子どもたちが不登校になる原因の上位が、学業不振だと聞いたことがあります。勉強ができないと、子どもは死にたくなるんだって……」

全国の自殺者の人数が微減している中で、未成年の数は増えているのだと猿渡が顔を曇らす。自分がまだ小学校の常勤講師をしていた時には、未成年の自殺者が年間六百五十九人もいたのだ、と。

「現在の公教育では、授業についていけない子ども一人ひとりに手を差し伸べる余裕はない。だからみんな塾に通う」

「でも誰もが塾に通えるわけではないですよね。費用もかかるし」

「そうだな」

「それでいわゆる格差が生まれるんじゃないですか。自分の子どもさえよければいい、そんな人が増えてるせいで」

「それは少し違う。自分の子どもさえよければ、じゃない。どの家庭もぎりぎりの生活をしていて、自分の子どもを育てるのに必死なんだ。自分の子ども以外に手を差し伸べる余裕がないだけだ」

　加地の場合、両親は勉強ができる自分に教育費をつぎこみ、できない弟は自由にさせた。自由にさせるといえば聞こえはいいが、要は放置だ。勉強をしないまま、放置された子どもが成人すればどういうことになるのか。両親は数年後の直也の姿にまで思いを馳《は》せることはしなかった。いや、考えたくなかったのかもしれない。父親と違って母親は、弱い直也を守り抜こうとしていたのだと思う。毎日、弟に食事を与え、風呂に入るよう促し、髪が伸びたらその手で切ってやっていた。まるで幼児を育てるように……。でも幼児は、母親を失えば生きてはいけない。

「なあ猿渡、もし自分の生徒が、宿題の答えを丸々写してきたらどうする？」

「そりゃ叱りますよ」

宿題の意味を理解できていない時点でアウトだ、と猿渡が首を横に振る。

「じゃあおまえは、どうして生徒が解答を写したと思う？」

「答えがわからないから、じゃないですか」

「そうだ。自分で答えを出せないから、解答を写すんだ。楽をしたいわけでも、ズルをして自分をよく見せようとするわけでもない」

猿渡が当惑の表情で、加地を見つめ返してくる。

「子どものすることにはすべて理由がある。解答を写す子どもは、それ以外に宿題をこなす方法がないからだ。そうしないと宿題を提出できなかったから、だから写すんだ」

もし自力でできるなら、子どもは時間がかかってもやるだろう。でもできないのだ。できなくて解答を丸写しするのだ。そのことを責めるのではなく、自力ではできなかったという事実に目を向けてやるのが教育なのに、たいていは「できなかった」で終わってしまう。できなかったね、点数が悪かったね、だから通知表には1をつけるしかないね、で終わるのが学校教育の現実だと加地は続けた。

「学校教育の中で、教師がすべての子どもの学力を向上させるのは難しい。おまえが一番わかっていると思うが、教師は多忙で、業務は勉強を教えるだけじゃない。だからその補助を塾がしているんだ。おれが塾の講師をしているのは、子どもたちに勉強を諦めてほしくないからだ。純粋に学力を上げて、この社会を生きるための武器を持たせてやりたいと思っている」

加地がそう口にすると、

「先生、早く家に帰りましょうっ」

と猿渡が勢いよく立ち上がった。「ぼく、いまから家で明日の授業の準備をします。もっともっといい授業をして、子どもたちに強い武器を持たせてやらなきゃ」

加地は小さな笑いを浮かべ、急に力の入った猿渡の肩を叩く。

「頑張るのは明日でいいから、今日はもう寝ろよ」

会計伝票を手に店のレジに向かうと、店内の客は自分と猿渡、たった二人だけになっていた。

2

居酒屋を出ると、火照った体を切り裂くような冷たい風が吹きつけてきた。猿渡は終電にギリギリ間に合いそうだったので駅まで走って行ったが、加地は酔いを醒ますため、のんびりと歩いていた。どうしてかあの場所へふと行ってみたくなり、いつもはむしろ避けていた通りを進んでいく。

クリスマス用のイルミネーションが揺れる新宿の街を抜けると、街灯だけの暗い道に出た。東京とはつくづく不思議な都市だと思う。ネオンや大勢の人が集まる滝壺《たきつぼ》のような雑踏の裏側に、ひっそりとした日常が佇《たたず》んでいる。

三十分ほど歩いただろうか。以前住んでいたマンションが見えてきた。白い外壁の五階建てマンション。この「東中野城崎ハイツ」は、加地が二十三歳から二十八歳まで暮らした場所だ。

吸い込まれるようにエントランスの前まで行き、外階段へと足を進める。当時と同じでオートロックはなく、外観もなにひとつ変わっていない。八年前、直也が飛び降り自殺を図った時のままだった。

父親に自立を言い渡され、途方に暮れた直也は行くあてもなく、兄である自分が住むマンションにやってきたのだろう。住所は母親から聞いていたのか。それともテレビ台の引き出しに入れてある住所録から書き写してきたのか。たったひとりの友達もいない弟が頼れる唯一の場所といったら、疎遠にしているとはいえ兄のところしかなかったのだ。

だが兄である加地は、留守にしていた。住んでいる場所はわかっていても携帯電話の番号までは知らず、直也は部屋の前で加地の帰りを待っていた。一時間、二時間……どれくらい待ったかはわからない。だが弟が待っているなど思いもしない加地は、その日も深夜まで営業しているカフェに寄って、軽食を取りつつ仕事をしていた。

十三歳で社会と断絶していた直也は、ファミレスやコンビニで時間を潰すこともできなかったのかもしれない。やがて寒さに耐えきれず、あるいは絶望感にさいなまれ、その両足は最上階に続く階段へと向かっていったのだろう。

八年前に直也が歩いた外階段を、加地は一歩一歩上がっていく。

どうしていま自分がこんな行動をとっているのかは、よくわからなかった。だが直也が死を決意した場所を、いつかきちんと見ておきたいとずっと思っていた。そのいつかがたまたま、今夜になっただけだ。

階段を五階まで上がりきり、踊り場の手すりから下をのぞきこむ。強い風が吹いて頭をもっていかれそうになる。どれほどの高さだろうと怯えていたが、暗すぎて下が見えず、地面との距離感がわからない。

自分と直也は、似ているところが少ない兄弟だった。顔は直也が母親似で、自分は父親似。運動神経はどちらも乏しかったが、頭脳は圧倒的に自分が上だった。そのせいか両親は、特に父親は、加地が中学生になった頃から教育に力を入れ始めた。中学校での成績が思うより良かったからだろう。これは伸びると思ったのか、それまでの放任主義を一転し、教育熱心な親へと豹変《ひょうへん》した。そして加地は親が願うまま、都内で最も偏差値の高い都立高校に入学し、志望通りの大学に進んだ。

その一方で直也は勉強が得意ではなかった。学校の成績も振るわなかった。早い時点で諦めていたのか父親は直也の教育には無関心で、母親も「勉強が苦手なら、他のことで頑張ればいいわよ」と慰めていたように思う。口だけではなく本気でそう考えていたのだろう。両親は直也の学力を上げるための努力を、ほとんどなにもしなかった。

やがて直也は勉強のつまずきから、不登校になった。勉強が苦手ならさせなくてもいい。ずいぶん後になってからだが、自分は両親のその考え方が間違いだったのだと気づいた。勉強が苦手な子どもでも、学力は上げてやらなければいけないのだ。

「勉強が嫌いな子はしかたがない」

「自分の好きなことを見つけて、それを仕事にすればいい」

そんなことを口にしていた両親は、目の前の煩わしいことから逃げているだけだった。なにも学ばずに大人になったらどんな未来が待っているのか。そんなこと、年を重ねた者であれば誰もが知っていることなのに、自分が楽になりたくて、面倒な現実から目を背けてしまった。

自分たち兄弟は、現代社会の縮図だ。

直也は泳ぎ方を教えられないまま、冷たい海に投げ出された。

風が吹くと、木の葉擦れが聞こえてきた。夜は暗くて見えないが、いまのぞきこんでいるこの数メートル下の中庭に、大きく伸びたケヤキが植わっているのだ。

このケヤキが直也の命を救ってくれた。

地上から十メートル以上あるこの場所から身を投げた直也は、地面に落下する直前にケヤキの枝葉に体をぶつけ、衝撃を緩和されたのだという。そうでなければ即死だった。

五階にある部屋のどこかのドアが開き、細長い光が漏れ出てくる。上半身を乗り出すようにして下を見ていた加地は、そっと体を引いて、そのまま静かに階段を下りる。住人でもない自分が深夜にこんなところにいたら、通報されてしまうだろう。

どこかでタクシーを拾おうと、夜道に歩き出た。すれ違ったトラックが直也の勤める宅配会社のものだったので、もしかして運転しているのではないかと視線を向ける。

ふいに、母親の声が聞こえた気がした。

「将士《まさし》……ごめんね」

病床の母親は昏睡状態に陥る数時間前、加地に向かってそう呟いた。

息をするのも苦しそうで、途切れ途切れの言葉は、口元に耳を近づけないと聞き取るのも難しかった。だが母親の「ごめんね」という一言だけは、はっきりと加地の耳に届いた。

なにに対する謝罪なのかはわからない。でもきっと直也のことだろうと加地は思った。直也をあんなふうにしか育てられなかったこと。そしてそんな弟を残して先に逝ってしまうことへの、ごめんね……。

やせ細って骨の感触しかない手を握り、加地は「大丈夫だよ」と母親に告げた。これまで母親の目が弟にばかりに向けられてきたことに対する哀しみが、ないわけではなかった。でも母親を恨んだり憎んだりしたことは一度もない。母親は精一杯やってきた。弱い息子を守ろうと、必死でやってきたのだ。母親が息を引き取った瞬間も、直也は自分の部屋から出られなかった。家を出て病院に来る、ただそれだけのことができなかった。

直也が自殺未遂を起こした翌月、加地は勤務していた証券会社に退職を申し出た。直也が退院しても実家に戻すことはできない。弟の心が回復し、日常生活が自分の力で送れるようになるまではそばで支えてやろう。そう思ったからだ。母親がいなくなり、父親は直也を持て余した。当然だ。直也が学校に行けなくなった時も、家に引きこもった時も、なにひとつ手助けできなかった人なのだから。

父親との二人暮らしはもうさせられない。元の生活に戻れば、直也は再び命を絶とうとするだろう。そう考えた加地は退職してからの一年間、片時も離れることなく直也と一緒に過ごした。結婚を約束していた彼女とは、弟と暮らし始めて間もなく別れた。彼女を自分たちの人生に巻き込みたくなかったからだ。いまでもふと彼女のことを懐かしむことはあるし、後悔がないと言ったら嘘になる。でも自分にとって直也は、たった一人の弟だから。これからの自分の時間を全て懸けてでも、弟の人生を取り戻してやりたかった。

玄関のドアを開けたとたん、微かな獣臭が冷たい空気に乗って鼻に届いた。どうやらリビングの窓を閉めるのを忘れていたようだ。

「ただいま」

真っ暗なリビングに電気を点けると、カーテンが風に吹かれてゆらゆら揺れていた。

「雨降ったらまずかったな。小雪ごめんな、寒かっただろう」

ソファの隅で丸まっていた小雪に話しかけながら、窓を閉めにいく。

冷えた体を風呂で温めようと思い、加地は浴槽に湯を溜めにいった。湯が溜まるのを待ちながら、直也が取り込んでおいた洗濯物を畳む。兄弟で暮らし始めてから、家事は分担でするようになった。洗濯や風呂掃除、食器洗いなどを教えると、直也は嫌がることなく素直にこなし、家を出た翌年には車の教習所に通えるようになった。車の運転は楽しかったようで、加地が軽自動車を買うと、ドライブなら一人で外に出られるようにもなった。

どうして勉強を教えてやらなかったのだろう。

日々の暮らしで必要なことを一つ一つ直也に教えている時に、何度もそう後悔した。

なぜ自分は、勉強につまずいた弟に手を差し伸べてやらなかったのか、と。直也がまだ中学生だった時期にこうした兄弟関係を築いていれば、弟の未来は変わったかもしれない。病を得た母親を憂いなく、安らかな気持ちで逝かせてやれたかもしれない。そう思うと失われた直也の十二年間がとても虚《むな》しい時間に感じられ、同じ過ちを繰り返してはいけないと思った。直也と離れて暮らすようになってから、父親はようやく自分が息子に無関心だったことに気づいたらしく、時々連絡を寄こすようになった。遅いと思う。あの人はこうなるまで気づけなかったのだ。だがそういう自分も弟がここまで苦しんでいることを知らなかったのだから、父親を責めていてもしかたがない。いまは母親を欠いた男三人、肩を寄せ合っている。

加地がPアカデミーに就職したのは、証券会社を退社して一年が過ぎてからのことだ。直也のような子どもをこれ以上増やさないために勉強を教えたいと思うようになり、そのためには学校の教員を目指すよりも塾の講師が近道だと考えた。教育現場はすぐには変わらない。失敗に失敗を重ねて、学力が身につかないまま進級していく子どもを増産して、それでようやく改善される学校教育の変革を待っている時間はない。

加地は、Pアカデミーで出世すると決めていた。このまま塾講師として高評価を得て、やがて塾長となる。塾長の次はPアカの幹部になり、塾の経営に携わる。自分が目指すのは、学校の授業についていけない子どもたちのための補講クラスを機能させることだ。

いまも申し訳程度に開講されてはいるが生徒数はわずかで、そのクラスを担当しているのは大学生のアルバイトか、やる気の薄い講師ばかりだった。そんなクラスにいても学力が上がるわけもなく、結局、補講クラスの生徒は退塾していく。加地はそんな悪循環を断ち切るべきだと思っている。

いまのPアカだと能力の高い講師ほど上位クラスを受け持つが、加地が考えているのは、下位クラスにも勉強を教えるのが得意な講師を配置することだ。さらに補講クラスの授業料を受験クラスよりも安価に抑える。もちろんこれは自分の頭の中だけの構想で、理想論に過ぎない。だが社会の構造を変えるのは、いつの時代も誰か一人の情熱からだ。

「小雪、飯は食わせてもらったのか」

柔らかな白い毛に触れると、小雪は加地の手に体をすり寄せてきた。頭を人差し指で撫《な》でると、ニャッと顔を上げて舌を出す。

「なあ小雪、受験まであと二か月だぞ」

自分の部屋に戻り、加地は机の前に貼ってある模造紙に目を向けた。壁に貼られた大きな模造紙には、今年の六年生の氏名と志望校を書き込んである。全員を志望校に合格させるのが、毎年の加地の目標だった。

「おまえも緊張してるのか」

いまの時期は自分たち講師も体調管理がいつも以上に必要になってくる。体調不良で授業に穴を開けることも許されないが、生徒に風邪をうつしたりしたら最悪だ。だからこの時期は特に食事に気をつかって栄養のあるものを食べることにしていた。その効果があるのかないのか、Ｐアカで働きだしてからの七年間、入試シーズンに体調を崩したことは一度もない。

「今年は六十四人全員にサクラが咲くといいな。……小雪、聞いてるか？」

生徒たちに時々、「どうして勉強しなきゃいけないの？　別に勉強をしなくても生きていけるんじゃないの」と聞かれることがある。そんなふうに言ってくる子どもはたいてい勉強に疲れていて、できることなら塾からも中学受験からも逃げたいと思っているのだが、そんな時加地は「勉強をするのは、大人になって働く時のためだ」と答えている。

難問に出合った時に逃げ出さずに粘る力。どうすれば解決するのかと思考する力。情報を読み取る力。ひたすら地道な反復練習や暗記。勉強で身につく力は、仕事をしていく上で必ず役に立つ。決してずば抜けた頭脳になれといっているのではない。努力ができる人間であってほしい。たいていの人は、大人になると働かなくてはいけない。外で働くだけではなく家事や育児、介護といった家の中での仕事もあるだろう。仕事をもった時、勉強で身につけたあらゆる力は自分の助けになってくれる。人生を支えてくれるのだと加地は生徒たちに教えてきたつもりだった。

「風呂に入ってくるよ」

小雪に声をかけてから浴室に向かうと、洗面所に設置してある洗濯機の蓋の上に、柚子《ゆず》が一つ置いてあった。直也が職場でもらってきたのかもしれない。加地は柚子を手に取り、風呂場の浴槽にぽんと投げ入れた。湯気の立つ湯面に、小さな水紋が拡がる。すっかり忘れていたが、今日は冬至だった。

3

一月に入ると一日が驚くほど早く過ぎていき、生徒はもちろん講師たちにも目に見えて余裕がなくなっていくのがわかる。小学生最後の冬期講習を終え、正月特訓を乗りこえた子どもたちの顔はこれまでになく引き締まって見えた。

「よし、みんな、もうひと踏ん張りだ」

前の扉を開けてA組の教室に入っていくと、生徒たちは全員席についていた。授業が始まるまでのわずかな時間も自習をしていて、立ち歩いている生徒は誰もいない。その熱のこもった純度の高い目を見ていると、自分が持つすべての知識を惜しみなく差し出したくなる。スポーツに励む子どもは無条件に応援されるのに、塾通いをする子どものことを世間が取り立てて賞賛することは少ない。だが長い時間をかけて学力を積み上げていく経験は、子どもにとっては大きな自信になる。

授業終了のチャイムが鳴ると同時に、子どもたちの口から「疲れたー」「きっつぅ」という言葉が漏れ出た。誰かに聞かせようとしているのではなく、体の中に溜まっていた疲労が、ため息と一緒にいっきに外に溢れる。今日は土曜日なので午前中は志望校別特訓、午後は通常授業があり、かれこれ十時間、教室に缶詰めだった。

「みんな、朝からよく頑張ったな。今日はもう勉強するなよ。家に帰ったら飯食って風呂入って早めに寝ろ」

志望校別特訓はそれぞれの志望校によって、Pアカ各校に振り分けられる。中には自宅から遠いPアカ校で授業を受ける生徒もいて、午後には新宿校に来なくてはいけないので、その移動距離は相当なものだった。精神的にも体力的にもいまが一番きつい。

それでも一月に入ってから、子どもたちの顔つきは変わってきた。もともと真面目な生徒はもちろんのこと、受験をどこか他人事のように考えていた子どもたちまでもが集中力をみなぎらせている。とくに志望校別特訓が始まってからは、教室で一緒に授業を受けるすべての生徒がライバルになるので、成績順に定められる自分の座席に一喜一憂する子どもも多い。

「先生、赤本のコピーを取らせてください」

ホワイトボードの文字を消していると、A組のトップ、宝山美乃里が近づいてきた。

四年生の四月に入塾してきた美乃里は、入ってすぐにPアカ模試で一位をとり、特別に優秀な生徒だけが集められる本校のZ組に呼ばれた。超難問を解説するZ組の授業は日曜日の午前中に行われるのだが、加地もそこで算数を教えている。

「どこの学校だ？」

「豊森女子と、聖晶女学院です。第一志望のは持ってるんですけど、他は買ってなくて」

美乃里の志望校はすべて都内の女子難関校だが、模試では常にA判定を出していた。

「その二校なら教務室に揃ってるから、必要な年度のものをコピーしていいぞ。自分で捜せるか？」

赤本とは各学校の過去の入試問題集のことで、表紙が赤色をしているのでそう呼ばれている。受験校の入試傾向をつかむため、第一志望のものは購入するようにと、加地は指導していた。

「はい。あ、そうだ先生。月ノ川女子もありますか？　前受験するんですけど」

「ああ、月ノ川はうちからも毎年受けるから、あるはずだ」

美乃里のような生徒には、第一志望が合格圏内にあっても、他に何校か受験を勧めることがある。塾側の思惑としては合格実績を稼ぐためで、加地自身はあまり気が進まないのだが、たしかに場慣れにはなる。美乃里は前受験として、一月半ばに埼玉の難関校を受験することになっていた。

「先生、ありがとうございました」

きちんと頭を下げたと思ったら、首から下げた塾のＩＤカードを揺らしながら、美乃美乃里が弾むような足取りで教室を出ていく。Ｐアカ模試で常にトップ二十位入りする美乃里でも、やっぱり小学生なのだ。ふとした拍子に見せる生徒たちの子どもらしい表情を目にするのが、加地はひそかに好きだった。

声の出しすぎで喉が嗄《か》れ、飴でも食べようかとポケットをまさぐっていると、

「加地先生っ」

またどこからか、自分を呼ぶ声がした。

「おお、俊介。どうした」

美乃里が最後の一人だと思っていたので、まだ残っていたのかと目を見張る。

「先生、どうしよう。東駒の算数で解けないのがあって……」

背負っていたリュックを足元に下ろし、俊介がぶ厚いテキストを取り出す。東駒の赤本だった。

「東駒の過去問は、授業で解説しただろ？　ちゃんと理解してたんじゃないのか」

「授業で教えてもらったやつはわかった。でもここには、さっぱりわかんないのがあって……」

俊介が加地の目の前に差し出してきた赤本には『東栄大学附属駒込中学　算数20年』と書かれている。

「偉いな、ちゃんとやってるんだな」

俊介が持っているテキストは、東駒中の算数に特化した入試問題集だった。過去二十年ぶんの入試問題と、その解説が収録されている。第一志望の学校のものは購入し、できる範囲でやっておくようにとは言っているが、実際はここまで手が回らない生徒も少なくない。

「やってるんだけど……できない問題が……」

今日の授業中、浮かない顔をしていたのはそのせいかと、加地は頷いた。この時期、真剣に勉強をやり込んでいる子どもほど不安げな顔をする。自分に足りないものが見えてくるからだ。逆にそこまで到達していない子どもは、案外平気な顔をしている。飛び込む水の深さを知っているか知らないか、その違いだろう。

「俊介、過去問で満点なんてとれないぞ。できない問題があっても、それはいいんだ。何度も言ってるだろう、七割取れればいいんだって」

加地は上端から付箋が飛び出した赤本に手を伸ばし、ページを繰る。

「どの問題だ、一緒にやるか」

「いいんですか、でも、もうみんな……帰っちゃって」

「いいさ、気になるんだろ。だったら、できるようにしておこう。この黄色の付箋が貼ってあるページがそうか？」

加地が付箋を指差すと、俊介が嬉しそうに頷き、机の前に座った。テキストを立てたまま付箋が貼ってあるページを開くと、消しゴムのカスが零《こぼ》れ落ちてくる。

問1　高さ5メートルの街灯の真下に、身長1メートル60センチの太郎がいます。太郎は毎秒1メートルの速さで、そこからまっすぐに歩き始めました。このとき街灯によってできる太郎の影の、先端の速さは毎秒何メートルですか。

「ああ、これは点光源の問題だ。六年生の授業では教えてなかったから、俊介がわからないのもしょうがない。まあ東駒では、あまり出題されない単元だけどな」

問題を読み終えた加地がそう口にすると、俊介が安心したように小さく息を吐いた。ただそれもほんの一瞬のことで、「でも二〇〇五年と二〇〇九年にはこのタイプの問題が出てるんです」と詰め寄ってくる。ここ十年以上出題されていないなら、今年も出ないんじゃないか。そう口にしそうになったが、できない問題を残しておくことが不安なのだろうと思い、加地はシャーペンを手に持つ。

「点光源っていうのは、光を発する部分の面積がとても小さくて、点に近い光源のことなんだ。光の位置だけが決まっていて、大きさを持たない光源。これが算数の問題になる場合、点光源から平面や立体に光を当てて、その時にできる影の面積や動きが問われることが多いんだ」

「光を当てて影を作るって……なんか理科の問題みたい」

「そうだな。理科の問題に近いな。でも算数では、三角形の相似比を使って解くんだ。影のでき方には決まりもあるから、その法則を覚えればいい」

　まずは影の長さを計算式で出して、それから毎秒1メートルの速さで一秒間動いた後の影の長さを計ればいいから――。加地の説明の途中で、正解までの道のりがひらめいたのだろう。俊介は両目を大きく見開くと、握っていたシャーペンで一心不乱に数式を書き始めた。手の下にある赤本は、その問題に向き合った時間を映し出すようにずいぶんと使いこまれ、厚みを増している。赤本を厚く膨らませたのは俊介の手の汗と、涙と、繰り返し消しゴムを使ったせいで、紙が波打っているからだ。


　付箋が貼ってあったページの問題をすべてやり終えた頃には、もう夜の十時を回っていた。朝は九時から授業が始まったので、もう十三時間以上も塾にいたことになる。

「ありがとう、加地先生。これでもう、東駒の算数でわからない問題はないや。二十年ぶん、制覇しました！」

さすがに疲れたのか、俊介は色の失せた唇の両端を上げ、満足そうに笑った。

「俊介、本当に東駒だけでいいのか」

ふいの笑顔に胸を衝《つ》かれ、加地は思わず聞いていた。

「なにがですか」

「いや、だから……東駒以外の中学は受けなくていいのか。いまならまだ願書を受け付けてる学校もあるぞ」

もしも東駒が不合格だったら、地元の公立中学校に行く。入塾した時からずっとそう言い続けてきた俊介に、いまさらこんなことを言うなんてと思ったが、聞かずにはいられなかった。こんな言葉が出てしまうほどに、俊介の頑張りが胸を打つ。

「他は受けなくてもいいです。おれが行きたいのは東駒だけだから。家族も応援してくれてるし、お父さんなんて、お正月に湯島天満宮まで連れてってくれたんです。先生、湯島天神って知ってますか？　菅原道真《すがわらのみちざね》が祀《まつ》ってある」

「ああ知ってるよ。……そうか、わかった。よけいなことを言って申し訳ない」

加地が頭を下げると、俊介は驚いた顔をして「全然大丈夫」と笑い、厚く膨れた赤本を閉じ、丁寧にリュックの中にしまいこんだ。

俊介が塾を出ていくのを見送ると、加地はこの一年間で使用した算数プリントの整理を始めた。A組、B組、C組とそれぞれ分けて段ボール箱に詰めていく。宿題用のものもあれば、授業で使ったものもある。これだけの量のプリントを作成するのも大変だったが、それを生徒の数だけコピーしてくれた木俣さんにも感謝だ。講師にしてもたった一人で中学受験を乗り切ることはできない。

受験生全員が志望校に願書を出し終え、明日からいよいよ二月に入るという一月三十一日。Ｐアカ新宿校では毎年恒例の激励会が開催された。

「じゃあいまから激励会を始めます」

今年も大教室にＡ組、Ｂ組、Ｃ組合わせて六十四人の受験生を座らせ、教師陣は横一列に前に並ぶ。教室の後方では五年生が座り、激励会を見守っている。五年生を参加させるのは、一年後の自分たちの姿を見せておくためだった。

「では国語担当の森江先生、お願いします」

激励会では六年生を受け持ってきた講師たちが一人ずつ、生徒たちに励ましの言葉を贈ることになっていた。生徒の中には明日が本番という子どもも多数いるので、最後のメッセージとなる。

「国語の解答は必ず問題文の中にあります。だから最後まで答えを探すことを諦めないでください。あと、これまで何度も言ってきたように、解答に長文の記述を求められた時は抽象的な文章ではなく、具体的な文章で答えるように。私からは以上です」

子どもたちは全神経を集中させて、講師のメッセージに耳を傾けている。中にはもうすでに他県で前受験をしてきた生徒もいるが、今年は新宿校のほぼ全員が都内の中学を本命にしていた。受験を目前に控えたいま、子どもたちは熱に浮かされているような状態のはずだ。おそらく後で振り返っても、いまのこの時間の記憶はぼんやりしたものになっているに違いない。

「じゃあ次は、理科の猿渡先生、お願いします」

森江から受け取ったマイクを渡すと、猿渡は緊張に満ちた表情で頷いた。無理もない。生徒もだが、猿渡にとっても、塾講師になって初めて迎える中学入試だ。

「ぼくは昨年の四月の春期講習の時に、ここにいるみんなと初めて顔を合わせました。その時にぼくは、学校が終わって、それからまた塾に来るなんてみんな偉いなと感心しました。学校の六時間目が終わるのはたぶん四時頃だよね。それで塾が始まるのが五時で。そこから夜の九時四十五分まで授業があって。その間に軽食を食べる時間がたったの十五分。授業の延長もあったりで、ご飯を食べる時間が十分取れないこともしょっちゅうだったね。六月からは日曜特訓が始まって、休日がなくなってしまったよね。夏期講習、夏合宿、志望校別特訓、冬期講習、正月特訓、直前特訓、そして一週間前特訓。通常授業の他にもそれだけの講習をこなして、ほんとにきみたちの根性には感動させられっぱなしでした。ぼくは塾で教えるのが初めてだから、きみたちのような小学生がこんなに勉強を頑張れるなんて知りませんでした。ぼくにきみたちの強さを見せてくれて、本当に感謝しています」

猿渡の言葉にここまでの日々を思い出したのか、A組の宝山美乃里が眼鏡を外して膝に置き、手のひらで自分の目をそっと押さえた。他の何人かの生徒たちも涙を拭っている。倫太郎は泣き顔を隠すように下を向き、隣に座る俊介が笑いながらその頭を撫でている。

「きみたちと一緒にここまで勉強してきて、大変なこともいっぱいあったけれど、喜びもいっぱいありました。それはきみたちも同じだと思います。だからあとはもう入試を楽しんできてほしい。ここまで頑張ってきたんだから、ぼくはもうそれだけで合格だと思っています。いまここで、猿渡からきみたちに、合格をあげようと……」

猿渡が言葉を詰まらせ、涙に加えて鼻水まで流し始めると、隣に立っていた森江がさりげなくティッシュを渡した。だが、生徒たちは誰ひとり笑ったりせず、透き通るような眼差しで前を向いていた。

猿渡からマイクを渡され、今度は加地が一歩前に出る。毎年、特に話す内容を考えてきたりはしない。いつもその場で思いついたことを口にするのだが、今日はなにを話そうか。

「ここまでのきみたちの頑張りについては猿渡先生がしっかり称《たた》えてくれたので、そこは省くとして。そうだな、おれがこのPアカ新宿校から受験生を送り出すのは、きみたちで七度目になるんだ。それだけやってればもう慣れっこだろうと思われるかもしれないが、入試前のこの緊張は何度経験しても正直慣れない。入塾から今日までの間、みんないろんなことがあったと思う。塾に行きたくない日もあっただろう。塾をやめたい、中学受験をやめたい、そう思うこともあっただろう。友達は遊んでるのになんで自分だけがって、恨めしく感じたこともたぶんあったはずだ。でもきみたちは諦めなかった。勉強を頑張ることも、受験も諦めなかった。だからいま、こうして今日を迎えている」

昨年の春、六年生に進級するまでの春休みに実施された春期講習の時、子どもたちの気持ちは花を追う蝶々《ちょうちょう》のようにあちらこちらに向かっていた。授業をしていても集中力はなかったし、十か月後にやってくる入試について、真剣に考えている生徒はほとんどいなかった。それが夏を過ぎた頃から、子どもたちの顔つきはまるで変わってきた。特に目だ。どこをも見ていなかったぼんやりとした目が、まっすぐに受験を見据えてきた。

「今日ここにいる自分が、一年前とは違う自分であることを、きみたち自身も感じていると思う。きみたちはこの一年間でずいぶん変わった。賢くなったし、強くなった。大きく成長した」

言いながら、加地は入り口近くに立つ木俣さんの方を見て、準備していた段ボール箱を持ってきてもらうように目配せした。直也が勤める宅配会社のマークが印刷された段ボール箱が三つ、台車に載せられ運ばれてくる。

「ここにある箱には、この一年間できみたちが解いてきた算数プリントが全て入ってる。左の箱からA組、B組、C組。どうだ、どれもすごい量だろう？　算数だけでこれだ。他の教科も合わせれば、どれだけの量になるか……。きみたちはこの一年間、誰にも負けない努力をしてきた。堂々と、自信を持って、それぞれ試験会場に行くように」

拍手も笑いもない室内に、子どもたちから立ち上る熱気だけが満ちている。しんと静まり返る大教室は、まるで夜の海に漂う船だ。夜が明けて太陽が昇ると、生徒たちはみんなそれぞれ船を下り、海に泳ぎ出さなくてはいけない。ためらう必要はない。泳ぎ方はしっかりと教えてきた。


四十分間ほどの激励会を終えて教務室でひと息ついているところに、リュックを背負った生徒たちが次々に顔を見せる。今日の授業はこれで終了なので、普段より二時間ほど早く帰ることになる。明日が本番の生徒には、今日は夜の九時には寝るように伝えていた。

「加地先生、パワー注入してえっ」

B組の女子が三人、カウンター越しに手を伸ばしてきたので「頑張れよ」とその手を摑んで握手する。担当した当初は算数を毛嫌いしていた三人組だったが、六年の夏休み頃からは三人そろってたびたび質問にきては苦手を克服しようとしていた。「一人では絶対無理だけど、三人で考えたら解けそうだよねー」と楽しそうに笑い合っていたのを思い出す。中学受験は団体戦でもある。同じ目標を持つ仲間に出会うことで、子どもたちは自分の力以上に頑張ることができる。

「加地先生」

「お、美乃里。一人か?」

B組の女子たちへの激励が終わると同時に、美乃里が顔を見せた。新宿校不動のトップは、女子の最難関校である桜明館を受験する。

「うん、お母さんが迎えに来てるから」

「そうか。桜明館は明日だな、頑張れよ」

A組の通常授業に加え、Z組の特訓も受けてきた美乃里だが、この三年間、一度たりとも塾を休むことはなかった。誰よりもハードな塾生活だったと思うが、ここまでよくやってきたと感心する。

「先生は明日、どこの学校の応援に行くんですか」

「おれは創開中に行くことになってるよ。新宿校から十三人も受験するからな」

受験日の朝、講師たちは生徒たちの受験校に出向き、見送りをすることになっていた。

慣れ親しんだ講師の顔を見て少しでもほっとしてくれたらという気遣いからだが、講師側にも最後まで見届けたい気持ちがある。もちろん一人で生徒全員の見送りには行けないので、いくつかのグループに分かれて応援に行くことになっている。

「私のところ……桜明館に先生は来ないんですか」

「桜明館は森江先生が行くことになってる」

「森江先生だけ？」

「マンツーマンの手厚い配置だぞ」

新宿校から桜明館を受験するのは美乃里だけなので、女性同士、森江がきっちりフォローしてくれるだろう。加地にはなにも心配はなかったのだが、美乃里はどこか不安そうにしている。

「加地先生……先生は、私がどうして桜明館を志望したか知ってますか」

「そりゃ知ってるさ。女子のトップだからだろう？　桜明館を主席で卒業して、東京大学に進学すること。それがおまえの目標なんだろう」

「はい、そうです。でも他にもあります。私が桜明館を志望校にしたのは、加地先生の恋人だった人の出身校だからです」

子どもは時々、とんでもないことを口にする。突然、死角から左胸を撃たれたような衝撃に、加地はうろたえた。

「え、おれ、そんなこと言った？」

自分の言葉が加地を動揺させたことに気をよくしたのか、美乃里が勝ち誇ったように口の端を上げる。

「はい。進路相談の時にぼそっと言ってました。『昔つき合ってた彼女は桜明館出身で、よく母校の話を楽しそうにしていた。賢くて他人を思いやれる優しい人だった』って。だから私、桜明館に興味をもったんです。加地先生の好きだった人が通っていた学校って、どんな所なんだろうと思って」

この三年間そんなことを思っていたのかと呆気《あっけ》にとられ、言葉に詰まった。

「そうか……。大事な進路相談で関係ないことを口にして悪かったな」

「それより先生、明日は一人で創開に行かれるんですか」

「いや、猿渡先生と木俣さんと三人で行くけど」

「三人も？」

「まあ受験者が多いしな。しかも頼りない男子ばっかだから忘れ物も心配だし」

「先生、創開と桜明館は電車でたったの二駅です。時間にして十数分の距離です」

はきはきと無駄なく話しながらも、美乃里の顔に緊張が滲んでいるのがわかった。手強い難問に取り組む時、美乃里はよくこんな顔をして解いていた。ああそうかと、加地はようやく気づく。美乃里は自分にも見送ってほしいのだろう。

「そうだな、じゃあ創開に行ってから、その後で桜明館に顔を出すことにするよ。創開を受験する十三人が揃っているのを見届けてから、すぐにおまえの応援に行く。責任をもって新宿校のエースを送り出す。それでいいか」

加地の言葉に、美乃里が笑顔になる。

「ありがとうございます。じゃあまた明日、さようなら」

踵《きびす》を返して帰ろうとする美乃里を、

「美乃里、一つ頼みごとをしていいか」

加地は呼び止めた。母親が外で待っているのは知っていたが、でももうこの子とゆっくり話す機会は二度とないかもしれない。

「なんですか」

眼鏡の奥の思慮深い瞳が、まっすぐに加地を見つめる。

「おまえが大人になったら、その能力を他の人にもわけてほしいんだ」

「能力をわける？」

「おまえのようになりたくてもなれない人が、世の中にはたくさんいる。いろいろな理由で不本意な生き方しかできない人が、驚くほどたくさんいるんだ。おれは、美乃里のその恵まれた能力を、自分だけのものにせず、多くの人にわけてあげてほしいと思ってる」

十二歳の少女になにを言っているのだと頭の片隅で思いながら、自分の声は切実だった。誰もが強く生きたいと願っているのだ。自ら弱者になる者など、どこにもいない。だから弱い人を見捨てないでほしいと、加地は、自分の生徒でいるのはこれが最後になるだろう美乃里に伝える。

「了解です、先生。私、賢くて、他人を思いやれる優しい人になります」

ためらいもなく差し出された小さな手を握り、「頼んだぞ」と力をこめる。Pアカ模試では常に上位二十位入り。新宿校トップの座を一度も他に譲らなかった、負けず嫌い。真面目という言葉が物足りなく思えるほどの熱量で勉強に取り組んできた努力家が、照れたように身をよじり、可愛らしい笑顔をみせた。

生徒たちを次々に送り出し、そろそろ全員が帰ったかと思った時、

「加地せんせーっ」

俊介と倫太郎が現れた。

「ああ、おまえらまだ残ってたのか」

激励会が終わってもう一時間近く過ぎているのに、なにをやっていたのだろう。

「自習室で勉強してたんだ。自習室使うのもこれで最後だし。なっ、倫」

「うん、最後だから」

受験生となる六年生の四月からこの二月までの十か月間、何事もなく平常心で過ごせ

る子どもはほとんどいない。六年生になると週に三回だった授業が週四回になり、六月に日曜特訓が始まってからは月曜と水曜以外の週五回が塾通いになる。日曜特訓では自分の順位を毎回突きつけられ、志望校への合格可能性を二十パーセント、四十パーセント、六十パーセント、八十パーセントという数値で判定される。日を追うごとに厳しくなっていく状況の中で、子どもたちは体力を限界まで使い、心をすり減らしていく。だから最後の最後まで、なんの悩みもなく塾通いができることなどないだろう。みんな上に向かって手を伸ばし、崖によじのぼるロッククライマーのように志望校のレベルまで自分自身を引き上げていくのだ。

俊介と倫太郎もそうだった。

他の子どもたちより遅い入塾だったために、喘《あえ》ぎながら、もがきながらここまでやってきた。

「俊介と倫太郎の受験日は明後日だな」

東駒も北瑛も、入試日は二月二日だった。ただ合格発表は東駒が二月四日、北瑛が二月三日なので倫太郎のほうが一日早い。

「先生やばい。緊張してきた」

「そりゃ緊張もするさ。みんなそうだ。でも緊張していても、力は出せるもんだ」

もし明日、家にいてどうしても勉強に手がつかないようなら塾に来い。加地はそう言って二人の頭に手を載せた。俊介も、国公立志向の倫太郎も私学を併願することはしないので、本命の入試が終わるとそこで受験終了となる。

「家の人が迎えに来てくれてるのか」

受験を直前に控えるこの時期は、車での送迎が増える。電車やバスを使うことで感染症に罹るリスクを減らすためだ。

「ううん、今日も電車」

俊介が答え、隣で倫太郎が頷く。

「じゃあね、加地先生、さようならっ」

「ああ、さよなら。気をつけて帰れよ」

この仕事をしていると、どうしてか忘れられない生徒というのがいる。特になにがあったというわけではなくても、塾を卒業してからもふと顔を思い浮かべてしまうような。あいつ元気にしてるかな、と成長した姿を見たくなるような。この学年は、いま目の前にいる俊介がそうだろう。俊介にはもっと伸びやかに生きてほしい。この子を苦しめている罪の意識から解き放たれた時、自分のために頑張ることができるようになった時、俊介は誰よりも高く遠い場所まで飛んでいけるはずだ。そしてこの子の能力は多くの人を幸せにするだろう。人にわけることを、当たり前のようにできるやつだから。

最後の二人が帰っていくと、とたんに静寂がおとずれた。ついさっきまでの騒々しさが嘘のようにしんとしている。

「祭りの後、ですね」

加地と同じように生徒たちと話し込んでいた猿渡が、ぼそりと呟いた。「それを言うなら嵐の前の静けさでしょう」と森江がその言葉を引き取る。今日は下級生の授業がないので、自分たち講師もこれで業務終了だ。正月特訓と直前特訓と一週間前特訓、そして一か月後に迎える新学期の準備に追われていた事務の木俣さんは、もう早々に帰宅している。

「今日の激励会、なんかじんとしてしまいました。うっかり生徒たちの前で号泣してしまって……」

この一年間のことが走馬灯のように頭の中を流れていったのだと、猿渡がしみじみと口にする。いまはなにをする気力も起こらない、もしや燃え尽き症候群かもしれないと真顔で呟く。

「おいおい、明日の本番から合格発表まで怒濤《どとう》の日々が始まるんだぞ。しっかりしてくれよ」

「加地先生、おれ、中学受験のこと誤解してました。なんだろう、うまく言えませんが、もっとスマートなもんだと思ってたんです。裕福な家の子息がエリートコースに乗るための、ショートカット的なシステムなんだろうって。こんな泥臭い、涙と鼻水で顔をぐちゃぐちゃにするような努力が中学受験に詰まってるなんて、知りませんでした」

「涙と鼻水か……。たしかに子どもはしょっちゅう泣いてるな」

加地は猿渡に笑いかけつつ、帰り支度を始める。猿渡の気持ちは自分にもよくわかった。まだ十年かそこらしか生きていない子どもたちにあるのは、ただ志望校に受かりたいという純粋な気持ちだ。与えられた目標のために頑張り続けるその姿は純真で、だからこそ受からせてやりたいと心から思う。

「じゃあおれ帰るな。猿渡も森江先生も、早めに休んで明日からの本番に備えてくれ」

最近、この二人の距離がなんとなく近づいているような気がしたので、加地は気をきかせてさっさと教室を出ていく。鈍感な自分でもわかる時はわかるのだ。

ビルを出ると、外はもう真っ暗だった。前から吹きつけてくる冷たい風に雪が混じっている。

加地はビル裏の駐輪場まで歩き、クロスバイクにまたがると雑踏の中へとペダルを踏み込んだ。

あと四日で、今年度の受験がすべて終了する。

手袋を脱ぎながら部屋に入ると、直也が小雪を膝に載せ、ソファに座ってテレビを観ていた。今日は休日なので、スウェットのままくつろいでいる。

「ただいま」

「おかえり」

時計を見るとまだ十時前で、こんな時間に帰るのは久しぶりのことだった。

「飯食ったのか？　なんか作ろうか」

とはいえ疲れているのでうどんくらいしか作る気になれず、台所で湯を沸かす。頼めばやるが、直也が食事の準備をすることはあまりない。料理はどうにも苦手らしい。

「今年は新宿校の全員が、受験するの？」

直也がソファから立ち上がり、小雪を抱いてキッチンのほうに歩いてきた。

「ああ、今年は一人も抜けなかったからな」

毎年数人は途中で転塾したり、受験をやめたりするのだが、今年の六年生は一人も欠けなかった。勉強に行き詰まったり、一時期、塾に来られなくなった生徒はいたものの、それでもみんなそれぞれの壁を乗り越えてここまできた。なんの危機もなく受験日を迎える子どもなどほとんどいない。どんなにしっかりした子どもでも必ず、足元がぐらりと揺れる時期がある。

「今年は全員合格しそう？」

「さあ。そればっかりはわからない。ほとんどの子が、五分五分の勝負を挑んでるからな」

「どうして、不合格になるかもしれない学校を受験するの？　合格できる学校を選べばいいのに……」

直也は言いながら小雪の白い毛に鼻を埋めた。直也には自分がわからないこと、不安なことがあると、そうやって小雪に触れる癖がある。

「挑戦したいからだろう。子どもは自分の力を試したいんだ。生まれて初めて歩いた幼児が、嬉しそうな顔をするのと同じだよ」

できなかったことが、できるようになる。知らなかったことを知る。それだけで子どもの顔は眩しいくらいに輝くのだと、加地は直也に話して聞かせた。自分にしても塾の講師になって初めて知ったことだが、子どもには成長しようとする本能が備わっている。

「今年も、生徒たちの頭に金の角が見える？」

小雪に顔を寄せたまま、直也が聞いてくる。

「ああ、見える」

加地は笑いながら頷いた。決戦を前にした子どもたちの頭には、角が見えるんだ——。以前そんな話を、加地は直也にしたことがある。極限まで努力し続けた子どもたちには、二本の硬く、まっすぐな角が生える。自分にはその角が見える。決して諦めることなく闘ってきた者だけが戴《いただ》く、金の角が見えるのだ、と。直也はなぜかこの話を気に入っていて、毎年この時期になるときまって、「今年も金の角が見える？」と聞いてくる。

「角は……塾の先生なら誰でも見えるの？」

直也の腕の中で、小雪がゴロゴロと喉を鳴らした。

「さあ。こんなこと、他の講師とは話さないからわからないな。おれだけが感じていることだと思うけど、角は子どもたちの武器なんだ。自分の力で手にした武器だ。金の角はきっと、あの子たちの人生を守ってくれる」

初めて角を目にしたのは、講師になって一年目の冬のことだった。

入試を目前に控えた冬期講習中。加地は生徒たちに演習問題を解かせていた。

どの子も答案用紙が焦げつくのではないかというくらい熱心に、全力で、問題と向き合っていた。集中する子どもたちの姿に自分も昂《たか》ぶり、気持ちを鎮めるために教室の窓を少し開け、外の冷気を吸い込み、そしてまた教室内に視線を戻した時だ。

子どもたちの頭が光って見えた。

息をのんで目を凝らせば、頭から金色の角が生えているのがはっきりと見えたのだ。

熱と光で温まった自分の頭を、加地は左右に振った。これは幻影だ、疲労による目の錯覚だ、とその時はやり過ごした。だが次の日も同じように角は見えた。そしてその日から毎年、入試が近づくと金の角が見えるようになった。

子どもたちの武器である角は、大人にとっては未来を指し示す希望の光――。

そう気づいたのは、最近のことだ。

湯が煮立った雪平鍋の中に、味噌《みそ》を溶かしてうどんを入れた。麺が柔らかくなる頃合いを見て鍋から鉢に移し、卵をそれぞれに割り入れる。今日は両方ともうまく割れ、満月のような黄身が二つ、味噌煮込みうどんに浮かんだ。

「できた。食おう」

最後の仕上げに青ネギを散らしてから、加地は直也に声をかけた。

「昨日、職場の上の人に呼ばれた……」

両手で鉢を持ち上げ、つゆを一口飲んだ後、直也がぼそりと口にする。

「どうしてだ？　ミスでもしたのか」

「夜勤だけじゃなくて、日勤帯の仕事もしないかって言われた。そうしたら契約社員になれるからって……」

箸を持つ手をとめて、加地は直也の顔を真正面からのぞきこんだ。喜怒哀楽がわかりづらいのはいつものことだが、今日に限ってはその両方の目になんらかの揺らぎがある。

「それで、なんて答えたんだ」

「なにも……」

ずっ、ずずっと麺を啜《すす》りながら、直也がそっと目を伏せる。

「なにも答えないのはよくないな。断るにしても、きちんと返事をしないと」

直也が深夜帯の仕事を選んでいるのは、他人と関わるのを極力避けるためだ。外に出られるようになっても、人とコミュニケーションを取ることはいまもまだ苦手なままだ。

「考えてから返事してって……」

「考えてって、そう言われたのか」

「うん、返事はすぐじゃなくていいからって……」

小雪が前足でテーブルの脚をカリカリと掻きむしる音が、静かなリビングに響いていた。男二人の暮らしは日々単調で彩りが少ない。その味気ない毎日を癒してくれる唯一の存在に、加地はそっと手を伸ばした。小雪が満足そうに喉を鳴らす。

「それで、おまえはどうしたいんだ」

「わからない。契約社員が……よくわからない」

「契約社員だとアルバイトより待遇が良くなるんだ。福利厚生もあるだろうし、有給休暇ももらえる。有給休暇っていうのは休み中も給料が支給される休暇のことで、社員なら年に何日かもらえる権利がある」

「休んでも給料が支給される休暇？　そんなのあるの」

「契約社員になれば、いまよりいい条件で働ける。その話、受けてみたらどうだ？」

この五年間の働きを認めてもらえたのだと、加地は直也に伝えた。真面目に努力していれば必ず見てくれている人がいる。自分がそう言い続けてきたことが、現実になったのだ、と。

「でもぼく、なにも知らないから……人に笑われる。昼間は大勢人がいるし……」

「笑われたって、いいじゃないか。おれなんて証券会社で働いていた時、的外れなことを口にして灰皿を投げつけられたことがあるぞ。初めは誰だって知らないことばかりだ」

「でも……」

「うちの生徒たちにしても、入塾してきた時はなにも知らなかったし、できなかった。でもいまは違う。なあ直也、知らなければ、知ればいい。できなければ、できるようになるまでやるんだ。それを努力というんだ。おまえはこの八年間で、努力ができる人間になった。準備は整っていると、おれは思う」

手に持っていた箸を置いて、加地は直也に俊介の話をした。自分の教え子に、難聴の妹のために頑張っている子どもがいる。いまの自分が嫌いだから、生き方を変えたいからと、東京で一番偏差値の高い中学を目指してる。その子は六年生の四月に入塾したんだ。初めは学年で一番下の成績だった。でもこの十か月間で人の何倍も努力して、明後日は目標通り、最難関校を受験する。

「その生徒が妹の話をした時、おれはおまえのことを思い出した。おれもこの八年間、おまえのために生き方を変えたかったのかもしれない。でももういまのおまえは、自分の力でちゃんとやっていけるな」

「ぼくに……」

言いかけて直也が息を深く吸い込み、また静かに吐く。母親を思い出させる二重瞼の大きな目が、窺うように加地を見つめてくる。小雪がニャッと鳴き声を上げ、直也の足にじゃれついていく。

「ぼくに……勉強を教えてくれない？　中学一年からのぶん……」

肩をすくめて背中を丸め、直也は幼い子どものように縮こまった。そして手を伸ばして足元にいた小雪を抱え上げると、「昼間も働いてみる」と呟き、背中の毛に鼻を埋める。

加地は直也の細い首筋を見つめ、なにか言わなくてはと言葉を探した。

勇気を出した直也を褒めてやりたくて、だがすぐに言葉は見つからず、加地は心の中で、母さん、と呼びかける。母さん、直也は変わった、強くなった、いまの直也を見てほしい、と語りかけると、母親の手の感触がふいに蘇った。薄く冷たい骨ばったものではなく、まだふくよかだった頃の柔らかで温かな手触りだった。

「おれには、おまえの頭にも角が見えるよ。ここに……金の角が生えている」

加地は手を伸ばし、テーブル越しに直也の髪に触れた。三十六歳の兄が三十三歳の弟の頭を撫でるなど、はたからみれば変かもしれない。だがそうしたかったのだ。母親のぶんまで、直也のことを褒めてやりたかった。

4

菓子箱に手を伸ばし、飴を取り出そうと思ったら空になっていた。コンビニで買ってきたコーヒーも飲み干してしまい、加地は手持ち無沙汰のまま腕時計に目をやる。二時四十分。東駒の合格発表まであと二十分ある。二杯目のコーヒーをコンビニに買いに走っても、まだ間に合うだろうか。

「さっきからえらく落ち着きませんね。発表は何時なんですか」

教務室のパソコンの前に座っていた木俣さんが、振り返る。

「三時です」

「ああ、じゃあこのパソコン使いますか」

「いえ。今日の発表は東駒なんです。あそこはネットでの発表はやってませんから」

多くの中学校が願書の提出や合格発表をオンラインに切り替える中、東駒は昔ながらのやり方を変えていない。願書は学校まで持参しなくてはいけないし、合格発表も学校の掲示板での提示のみだった。両親と三人で合格発表を見に行くと言っていたが、俊介はもう学校に着いたのだろうか。

いまから二日前、東駒の入試当日の朝、加地は俊介を励ましに受験会場となる学校を訪れた。Pアカ全校で二十五人の受験者がいたが、新宿校からは俊介一人だけだった。加地は講師陣の中で一番早く現地に到着し、「Pアカデミー」ののぼりを立てて受験生たちを待っていたのだが、俊介はその場に一番乗りでやって来た。

「加地先生、おはようございます」

聞き慣れた声に振り返ると、母親に付き添われた俊介が顔を上気させて立っていた。

「おはよう。早いな」

「余裕を持って出てきたら、なんかめちゃ早く着いちゃった」

俊介が母親のほうを見て、「もう大丈夫だから。先生いるし、お母さん帰っていいよ」と手を振る。心配そうな表情を浮かべた母親が「よろしくお願いします」とお辞儀をしたので「おまかせください」と加地も頭を下げる。母親は俊介と別れる時に、毛糸の手袋に包まれた手を動かし、手話でなにかを告げていた。その言葉に俊介も手話で応え、この親子は心を交わす言葉をいくつも持っているのだなと思った。

そうこうしているうちに他校のPアカ講師も揃い、一人、また一人と受験生たちがのぼりの周りに集まってきた。だが生徒たちは自分が通う教室の講師のそばに寄っていくので、加地の近くには俊介しかいない。

「先生、このお守り見て。夏合宿で隣の席だった子が、速達で郵送してくれたんだ。自分がこれで合格したからって。辻本あかりって子、先生憶えてない？」

「ああ、夏合宿で1組だった、背の高い女の子か。第一志望がたしか聖北学園の」

「そうそう。三鷹校の子」

「なんだおまえ、合宿中に女の子と連絡先の交換してたのか」

「聞かれたから答えただけだよ」

「俊介おまえ、意外にやるなあ」

軽口を叩きながら、入室時間までをやり過ごす。俊介は震える手でカイロを握りしめ、その場で足踏みをしていた。いつも通りを装いながらも顔が青ざめている。寒さのせいか。緊張のせいか。集合場所のグランドでは他の塾もそれぞれ集合し、えいえいおー、と声を揃えている。

「先生、じゃあ行ってくるっ」

会場に入る時間になると、俊介が背筋を伸ばして声を張った。

「よし、行ってこい。頑張れよ」

この瞬間だけはいつもだめだ。声が震えてしまう。今日までよく頑張ったな。ここまでへこたれずに、すごいぞ。長かったな。しんどかっただろう。励ましや労《ねぎら》いや、いろいろな思いが胸いっぱいに広がり、喉が詰まる。子どもを一番愛しているのは、当然両親や保護者だろう。その愛情にはどうやっても敵《かな》うわけがない。だが自分は、子どもたちがどれだけ頑張ってきたかを知っている。子どもの頑張りを見てきた時間は、他の誰よりも長い。

「俊介、頑張れっ」

離れていく背中に向かって、叫ばずにはいられなかった。

俊介が振り返る。拳を突き上げ、笑ってみせる。

加地には俊介の頭に金色の角が見えた。


「電話、かかってきませんねぇ……」

キーボードを叩いていた木俣さんが独り言のように呟く。三時十五分を過ぎても、まだ俊介からの連絡はなかった。生徒たちには、合格でも不合格でも、塾に必ず連絡を入れるように言ってある。携帯を持っているはずだから、そう時間がかかるはずもないのだが。

「あ、先生。電話です、電話っ。は、はい……Pアカ新宿校でございますっ。え？　あ、ああ……ちょっと待ってくださいよ」

木俣さんが微妙な顔つきで受話器を差し出してきた。

「はい、加地です」

『先生っ、俊介どうでしたか？　連絡ありましたか』

「倫太郎か……。おまえ、こんな時間にかけてくんなよ。俊介からの連絡はまだだ。待ってるところだ」

『あ、ごめんなさい……。さようなら』

いきなり電話を切られ、加地はすぐに受話器を元の位置に戻す。

「穂村くん、戸田くんのことが気になるんですね」

「まあ仲がいいですからね。でもさすがに直接は電話できないと思って、塾に電話してきたんでしょう。倫太郎なりに気を遣って」

倫太郎が受験した北瑛の合格発表は昨日だった。最後の模試でもA判定を出していた倫太郎は順当に合格し、昨日は塾に報告にきてくれた。

「あの子たち本当に仲良しだから、二人揃っての合格がいいですね」

「そうですね。ぼくもそう祈ってます」

だが俊介が挑んだ学校は、偏差値73の最難関校だ。合格が簡単ではないことも加地は十分にわかっていた。

「はい、Pアカデミー新宿校です。ああ、戸田くんっ。はいはい、ちょっと待ってね。加地先……」

木俣さんの手から奪うように受話器を取り上げ、

「俊介か」

耳に押し当てる。

電話の向こうで、短く息を吸い込んだ音が聞こえた。雨が降る直前の暗い雲を思わせる、不吉な予感。背筋がぴりっと震えた。

『先生、だめだった。おれ……不合格でした』

パソコンキーを叩く音、廊下を歩くスリッパの音、誰かの話し声……。そうした音がすべて渦を巻くようにして遠ざかっていく。

「そうか……、わかった」

両目を固くつむり、加地はいつもと同じ声を出そうとした。でもどうしても張りつめた声になってしまう。いま目の前に俊介がいたなら、おまえはよく頑張った、とその肩を強く摑んでやれるのに。

「これから家に帰るのか？」

合格した生徒は、発表の当日に塾に来ることがある。嬉しい報告と笑顔を届けに来てくれる。だが不合格になった生徒には、誰にも見られずに涙を流す時間が必要だった。

『いまか……っても……ですか』

「悪い、聞こえなかった。もう一度言ってくれないか」

『……いまから、加地先生に会いに行ってもいいですか』

机三つほど離れた場所から、猿渡の笑い声が聞こえてきた。「だから大丈夫だって言っただろう。よかったよかった。とにかくほっとしたわー」この時間に合格発表をする中学は、東駒だけではない。

「ああ。いいぞ。待ってるからな」

東駒からここまで一時間弱くらいだろうか。肩を落として俯いて歩く俊介の姿が、目に浮かんだ。

「加地先生、あの、戸田くんは？」

木俣さんが遠慮がちに聞いてくる。

「戸田俊介は不合格でした。ぼくの力不足です」

「そう……残念ですね。あんなに頑張っていたのにねえ……。でも戸田くんなら、この不合格をバネにできるんじゃない？　ここをまたスタート地点にしてリベンジすればいいんだから」

バネ、スタート地点、リベンジ……。木俣さんの言っていることは正解だ。俊介なら必ずまた挽回する。でも今日はさすがのあいつも、先のことは考えられないだろう。合格と不合格。受験生にとっての入試はこの二つしかない。大人と違って不合格に意味を見出《みいだ》すことは、いまこの時点では難しい。

やっぱり合格させてやりたかった、と加地は込み上げてくる口惜しさにじっと耐える。倫太郎と同じ北瑛に志望校を変えて、合格を勝ち取らせるべきだったのか。だが最後の日曜特訓ではB判定を叩き出していたのだ。夏前は55程度だった偏差値が冬には69にまで上がって、だから……。不合格が悔しいのは、生徒だけじゃない。塾講師だって泣きたいほどに悔しい。

「ちょっとコンビニ行ってきます。すぐ戻りますんで」

気持ちを切り替えるために教務室を出ると、外は雪が降っていた。

俊介が塾にやって来たのは、加地がコンビニから戻ってきて三十分ほどが経った頃だった。俯きかげんに出入り口から入ってくる俊介に気づき、「よく来たな」と声をかける。

「先生……」

授業を受けるわけでもないのに、俊介はPアカのリュックを背負っていた。だが普段のように教材で膨らんではいない。

「こっちに来いよ」

俊介を面談室に連れていき、椅子に座らせた。頭や上着に積もっていた雪を、手のひらでそっと払う。

「おつかれさま。顔を見せに来てくれて、ありがとうな」

俊介を待つ間、どう声をかけようかと考えていた。残念だったな。よく頑張った。惜しかった。いろいろな言葉を探してみたが、第一声は礼を言おうと思ったのだ。家に戻って泣きたいだろうに、こうして自分に会いに来てくれたことの感謝を伝えよう。俊介が聞きたい言葉を探すよりも、自分の気持ちを伝えようと決めた。

「先生ごめん」

「なんで謝る?」

「だっておれ……受からなかった。あんなに……一生懸命教えてくれ……たのに」

ずっと我慢していたのだろう。俊介の両目から大粒の涙が溢れ出す。

「おまえが謝ることなんてなにもないさ。ここまで本当によくやった」

他の受験生はもっと早い時期から準備していたんだ。日本で一番偏差値の高い中学だったからな。たった十か月間で偏差値を20上げただけでもすごいことだ。他にも慰めの言葉がいくつか頭に浮かんできだが、口にはしなかった。俊介の涙はそんな言葉で止められるようなものではない。

だから加地はそれ以上なにも言わず、俊介が自分で泣きやむのを待った。

「なあ俊介」

俊介が少し落ち着いてきたのを感じると、加地は静かな声で語りかける。

「こんなことおまえも知ってると思うが、受験はこの一回きりじゃないぞ。三年後には高校受験がある。六年後には大学受験がある。おまえはまだ十二歳なんだ。だからそんな、この世の終わりみたいな顔すんな」

「先生……」

テーブルの端に視線を置いていた俊介が顔を上げた。今日初めて、加地の顔を真正面から見つめてくる。

「先生、おれ、報告に来ます。三年後に合格の報告をしに来ます。六年後にも、大学の合格発表の日に直で来る。次は必ず合格して、その時はお父さんやお母さんや美音にも、どうしておれが中学受験をしたのか……東駒を目指したのか、ちゃんと話すよ。だから先生……だからそれまでここで、待っててよ……」

言いながら俊介が顔を歪ませる。せっかく止まった涙がまた両目から溢れ出す。

加地は俊介の柔らかくて小さな頭に、そっと手を載せた。いまは萎《しお》れて見えないが、でもここには金の角が生えている。それだけは間違いない。

「そうか。合格の報告に来てくれるんだな。じゃああと六年間は塾講師をやめられないな。新宿校からの異動の話が出たら、断らないとな」

言いながら両目に涙が滲んでくる。またひとつ、この仕事を続けていく理由が増えた。

＊　＊　＊

冬の寒さを引きずりつつも日射しがほんの少し春めいてくる三月一日、塾は新しい季節を迎える。今年も生徒たちの戦いを最後まで見届け、五日間の休暇を経て、加地はまたこの場所に戻ってきた。

「あ、塾長。おつかれさまです」

男子トイレの鏡をのぞきながらネクタイを直していると、ちょうど個室から出てきた猿渡に声をかけられた。

「その呼び方はしないでくれって言ってるだろ」

「もう三年も経つんだし、いい加減慣れましょうよ」

「加地先生でいいだろ、普通に」

三年前、俊介たちが受験生だった年に、新宿校はPアカ全校の中でもトップクラスの実績を残した。男子御三家、女子御三家への合格率は八十パーセント。難関国公立、難関私立への合格率も八十パーセントを上回り、雨木塾長はその功績によって本部に栄転。加地は雨木の後を引き継ぎ、新宿校の塾長となり、今日までまた奮闘し続けてきた。

「今年は例年の一・五倍の入塾者数なんですってね」

「らしいな。早々に公表した合格速報が効いたんだろう」

「木俣さん、毎日残業してホームページに載せる速報作ってましたもんね。あれ、実は加地先生のアイデアでしょ。他の塾よりも早く速報を掲載して、新しい生徒を集めるっていう」

「まあ、何事も早く動くことに越したことはないからな」

髪を整え、身だしなみに乱れがないかを確認してからトイレを出る。今日はこの三月から入ってくる新四年生の入塾式だった。

「そういえば、朝から上の階が慌ただしいですね」

「今日は都立高校の合格発表だからな。慌ただしいのはそれでだろう」

猿渡と並んで廊下を歩き、大教室の扉を開ける。いまから一か月ほど前に、受験生の激励会をした場所だ。加地が教室の中へ歩みを進めると、まだ幼さの残る八十人もの生徒たちが、不安そうな顔で自分を見つめてきた。

「みなさん、はじめまして。私は塾長の加地将士です」

まだ受験がなにかもわからない、柔らかな肌を持つ九歳の子どもたち一人ひとりの顔を、加地はゆっくりと見回した。

「塾は勉強をする場所ですが、でもぼくたち講師がきみたちに教えるのは勉強だけではありません。塾は、勉強の楽しさを知る場所です。これから三年間、この場所できみたちとたくさん笑顔になれることを期待しています」

短い挨拶を終え、加地は子どもたちに向かって頭を下げた。激励会ではいつも、炎のような熱気にまみれて受験生たちと向き合う。だが入塾式は、春の陽だまりの雰囲気で迎えるのが常だった。新しい生徒たちに笑顔を振りまきながら、加地はふとかつての教え子のことを思い出す。あの席に宝山美乃里がいて、あそこに穂村倫太郎がいて、そして戸田俊介がいた……。あの時も、子どもたちと共に闘った時間はとてつもなく濃く、涙が出るくらいに熱いものだった。

「じゃあ、あとはよろしくお願いします」

ひと通りの挨拶をすませると、塾長の役目は終わり退場となる。この後は教科ごとの担任が前に出て、授業の進め方などを細かく説明することになっている。

前方の扉から大教室の外に出ると、加地は小さく息を吐いた。本日の大役は無事果たしたが、仕事はまだ山のように残っている。今日はこの後、本校での塾長会議があるので、その準備もしなくてはいけない。

教務室の一番奥にある、自分の席に戻ろうとした時だった。

「先生っ」

太く大きな声が出入り口から聞こえてきて、振り返ると、そこに制服姿の体格のいい少年が立っていた。大事そうに手に持っているのは、高校の合格証明書だろうか。合否を告げにきた中学部の生徒が、階を間違えてここに来たのかと、加地は目を凝らす。黙っているのに顔から、全身から、負けん気が立ちのぼってくるような少年だった。

「おれ、約束守ったよ。次は必ず第一志望に合格するっていう先生との約束、ちゃんと守ったから」

溢れ出した涙が、少年の頬を濡らす。加地はしばらく無言で少年の顔を見つめていたが、その泣き顔が三年前の記憶に重なると同時に、熱いものが全身を駆け抜けていくのを感じた。この子の涙を見るのはこれで、何度目だろう。

「よく来たな、俊介」

塾は、勉強の意味と楽しさを知るところだ。

でも自分にとっては、勉強を教える楽しさを知るところ。

金の角持つ子どもたちと、出逢う場所だ。

解説

吉田伸子

中学受験――この四文字を見ると、今でも胸の奥がちくりと痛む。もうあれから十年が経《た》つというのに。もし、私が十年前に本書を読んでいたなら、息子の受験の結果がどうあれ、この小さな棘《とげ》を抱えることだけは避けられたかもしれない。読み終えて、そう思った。

本書の真ん中にいるのは、小学六年生になる俊介だ。五歳からクラブチームでサッカーを始めた俊介は、地区トレーニングセンター（トレセン）のメンバー選抜から漏れてしまったことを機に、サッカーをやめることを決意する。トレセンに選ばれなかったのは努力が足りなかったからだ、まだ諦めるな、と叱咤《しった》する父親・浩一に、俊介は言う。

「おれ、中学受験がしたいんだ」と。

最初は「サッカーやめる理由を作るなら、もっとましなもん考えろ」と頭ごなしにはねのけていた浩一だったが、妻の菜月の後押しもあり、俊介はＰアカデミーに入塾することに。この、入塾までのくだりが第一章だ。

俊介には聴覚障害のある妹・美音がいて、春から聾学校ではなく、俊介の通う普通学校に入学する。今は、美音の学校生活を第一に考えるときじゃないのか、という浩一の意見が正しいことを知りつつも、菜月は俊介の決意を尊重してあげたいと思う。

菜月は家庭の事情で、高校を中途退学していた。学歴はだから、中卒だ。担任になるはずだった先生が「菜月さんの未来のために」と両親を説得してくれたのにもかかわらず、高校をやめざるを得なかった、その時の悲しさや悔しさが、今も菜月にはある。だから、同じ時期に中学受験でクラブチームをやめる倫太郎と話していて、自分にも夢があることに気がついた、と話す俊介の姿が「一生身につけることなどない、自分とは無関係だと思っていた大粒のダイヤモンドを目の前にころんと差し出された」ように映ったのだ。

このシーンがね、すごくいいんです。菜月という女性の真っ直ぐな母性が、心にぐっとくる。さらにぐっとくるのは、義母からの横槍《よこやり》に、菜月がきっちりと反論するシーンだ。お金もかかるし、ほったらかしにされる美音は可哀想《かわいそう》だし、俊介だって可哀想だ、そもそも「夢なんてね、叶《かな》えられる人なんてごくごくわずか、ひと握りなのよ」と言い放つ義母に、菜月は返す。

「お義母さん、俊介はいま毎日必死で勉強しています。その姿を見ていて私は胸が締めつけられるくらいに感動しています。すごいと思ってるんです。（中略）だからお願いです、俊介には受験や塾に対して否定的なことを言わないでください。応援してくれとは言いません。でも全力で頑張る俊介に、沿道から石を投げるようなことはしないでください」

腹立たしげに帰っていく義母の背中に、菜月は思う。きちんと本心を伝えることができた。「わが子を守るために強くなったと自分を褒める。高校を中退した時の悲しさや口惜《くや》しさは、いまこうしてわが子の盾になるために必要だったのかもしれない」

この菜月の姿、読んでいて思わずガッツポーズをとりたくなってしまう。同時に、自分には無縁だと思っていた「夢」という言葉が、俊介の塾の学費を工面するために始めた仕事を通じて、菜月にもぐっと身近なものになっていくくだりも、読んでいて気持ちが晴れやかになる。

この第一章は菜月視点なのだが、第二章は俊介視点だ。メインで描かれるのは、入塾したPアカでの俊介の日々なのだが、ここで俊介が心に抱え続けてきた、ある〝秘密〟が明かされる。俊介が東駒を志望する動機にも直結するその〝秘密〟が何なのか、は実際に本書を読んでください。

第一章では、菜月の義母が俊介の中学受験に文句をつけてきたけれど、この第二章では、俊介の担任の教師の発言が、俊介を追い詰める。算数の授業中に、塾の理科のプリントを解いていた俊介に注意をした教師は、俊介を授業後に呼び止める。そして、中学受験を悪いことだとは思っていないし、応援はしてる、と前置きをした上で、言うのだ。「ここまで過酷な受験勉強をさせることに納得できないの」と。戸田くんは、この夏休み中にお友達と遊んだり、海やプールに行けたのか、と。

そもそも受験準備のスタートに遅れている（中学受験の場合、普通は小四から、遅くとも小五から入塾するのだが、俊介は小六からの入塾だった）ため、夏休みは合宿にも行き、勉強漬けの日々だった俊介。担任の教師は、そんな俊介の横顔に疲れを感じて、心配して声をかけたのだが、合宿でも思うように成績が伸びなかった俊介にとって、教師の言葉は重くのしかかる。

あぁ、先生、それ言っちゃだめです！　受験を応援しているといいつつ、塾を否定していますよ。小六男子が、疲れを押してまで頑張っているのだから、そこは労《いたわ》るところでしょう、と、思わず我が事のように憤ってしまうのは、私がかつて中学受験生の親だったからかもしれない。往々にして、公立小学校の教師には、「中学受験」やんわり否定派が多いのだ（当社比）。

なかでも俊介に堪《こた》えたのは、「六年生の夏休みは、人生で一度きりしかないんだから」という一言だった。塾があるのに、元いたクラブチームの子に誘われ、グラウンドでサッカーをしてしまったのも、塾への足が重くなってしまったのも、その教師の一言が俊介に重くのしかかっていたからだ。そこへさらに追い討ちをかけるかのような、友人の言葉。「うちの父ちゃんが、中学受験なんてなんの意味もないって言ってたぞ」「勉強を頑張りたいなら、中学に入ってからでも遅くないって」

担任の教師も、友人も、きっと何の悪気もない。でも、悪気がないぶん、俊介には堪えるのだ。そもそも俊介は、自分の受験が家族に犠牲を強いていることを自覚している。加えて、自分の志望校が「ずば抜けて頭のいい六年生が遊ぶ時間や睡眠時間を削って努力して、それでも合格できるかわからない」超難関校であるということも。

折れそうな心を抱えながらも、遅刻しつつも塾に向かった俊介を救ったのは、Pアカで算数を教える講師の加地だった。この加地がね、本当に、本当に素晴らしいのだ。ちなみに、タイトルにある「金の角」というのは、この加地が常日頃口にしている言葉で、懸命に頑張っている子には、金の角が生える、という話から来ている。中学受験に意味はあるんですか？　と問う俊介に、加地は答える。「もちろんだ。じゃないと、中学受験の塾講師なんてやらないだろう？」「人は挑むことで自分を変えることができるんだ。十二歳でそんな気持ちになれる中学受験に、意味がないわけがない」

この言葉に、どれだけ俊介が安堵《あんど》したか。自分の受験が許された、と感じたことか。

第三章は、俊介の受験までの日々とその後のことが、加地視点で描かれるのだが、それまで堪えていた涙が、この第三章で溢《あふ》れて止まらなくなってしまった。加地には長い間引きこもっていた弟がいて、あることをきっかけに、今は加地とともに暮らしている。

加地の弟がつまずいたきっかけは、中学の勉強についていけないことだった。ゆっくりとではあるが、社会復帰の道を歩み始めた弟は、中学一年からのぶんの勉強を教えて欲しい、と加地に頼む。加地は弟の頭を撫《な》でながら言う。「おれには、おまえの頭にも角が見えるよ。ここに……金の角が生えている」もうね、ここ、号泣ですよ！

加地の素晴らしさは、他にもあって、Ｐアカ新宿校不動のトップを守り続け、最難関女子校を受験する生徒にかける言葉、「おれは、美乃里のその恵まれた能力を、自分だけのものにせず、多くの人にわけてあげてほしいと思ってる」もまた、宝物のようなメッセージだ。この言葉のあとには、こう続く。「十二歳の少女になにを言っているのだと頭の片隅で思いながら、自分の声は切実だった。誰もが強く生きたいと願っているのだ。自ら弱者になる者など、どこにもいない」

こういう加地だから、「子どもたちに武器を与えたいから」塾講師となったのだ、という彼の想《おも》いが深く響いてくる。最初は中学受験なんて、と反対していた俊介の父が、息子の頑張りに打たれ、志望校をワンランク下げて、確実に合格のとれるところを、と申し出た時に、合格か不合格かよりも、「いい受験だったか、そうでなかったか。それが最も重要なことだと私は思っているんです」と言った、加地の返事もまた。

何より本書が素晴らしいのは、「金の角」という作者の視点だ。そこには、子どもたちに限らず、自分を諦めず、自分を信じて前へ進む全ての人に金の角は生えるものだ、という作者のメッセージが、エールが込められている。

中学受験に関わっている全ての親子にはもちろん、事情があって今は気持ちが足踏みしている、そんな人たちにも、どうか本書が届きますように。祈るような気持ちで、そう願う。

（よしだ・のぶこ　書評家）

本書は、集英社文庫のために書き下ろされた作品です。

集英社文庫　目録（日本文学）

広谷鏡子　シャッター通りに陽が昇る
広中平祐　生きること学ぶこと
アーサー・ビナード　出世ミミズ
アーサー・ビナード　空からきた魚
マーク・ピーターセン　日本人の英語はなぜ間違うのか？
深川峻太郎　キャプテン翼勝利学
深田祐介　翼の時代　フカダ青年の戦後と恋
深谷敏雄　日本国最後の帰還兵　深谷義治とその家族
深町秋生　バッドカンパニー
深町秋生　オーバーキル　バッドカンパニーII
福田和代　怪物
福田和代　緑衣のメトセラ
福田隆浩　熱風
福本清三・小田豊二　どこかで誰かが見ていてくれる　日本一の斬られ役　福本清三
藤井誠二　沖縄アンダーグラウンド　売春街を生きた者たち
藤岡陽子　金の角持つ子どもたち
藤島大　北風　小説　早稲田大学ラグビー部
藤田宜永　はなかげ
藤野可織　パトロネ
藤本ひとみ　快楽の伏流
藤本ひとみ　離婚まで
藤本ひとみ　令嬢テレジアと華麗なる愛人たち
藤本ひとみ　ブルボンの封印(上)(下)
藤本ひとみ　ダ・ヴィンチの愛人
藤本ひとみ　マリー・アントワネットの恋人
藤本ひとみ　令嬢たちの世にも恐ろしい物語
藤本ひとみ　皇后ジョゼフィーヌの恋
藤原章生　絵はがきにされた少年
藤原新也　全東洋街道(上)(下)
藤原新也　アメリカ
藤原新也　ディングルの入江
藤原美子　我が家の流儀　藤原家の闘う子育て
藤原美子　家族の流儀　藤原家の褒める子育て
布施祐仁・三浦英之　日報隠蔽　自衛隊が最も「戦場」に近づいた日
船戸与一　猛《たけ》き箱舟(上)(下)
船戸与一　炎流れる彼方
船戸与一　虹の谷の五月(上)(下)
船戸与一　降臨の群れ(上)(下)
船戸与一　河畔《かはん》に標《しるべ》なく
船戸与一　夢は荒れ地を
船戸与一　蝶舞う館
古川日出男　サウンドトラック(上)(下)
古川日出男　gift
古川日出男　あるいは修羅の十億年
辺見庸　水の透視画法
保坂展人　いじめの光景
星野智幸　ファンタジスタ
星野博美　島へ免許を取りに行く

集英社文庫　目録（日本文学）

- 干場義雅　世界のビジネスエリートは知っている お洒落の本質
- 干場義雅　色気力
- 細谷正充・編　時代小説傑作選 江戸の爆笑力
- 細谷正充　宮本武蔵の『五輪書』が面白いほどわかる本
- 細谷正充・編　時代小説アンソロジー くノ一、百華
- 細谷正充・編　野辺に朽ちぬとも 吉田松陰と松下村塾の男たち
- 細谷正充・編　新選組傑作選 誠の旗がゆく
- 細谷正充・編　時代小説傑作選 土方歳三がゆく
- 堀田善衞　若き日の詩人たちの肖像（上・下）
- 堀田善衞　めぐりあいし人びと
- 堀田善衞　ミシェル城館の人 第一部 争乱の時代
- 堀田善衞　ミシェル城館の人 第二部 自然 理性 運命
- 堀田善衞　ミシェル城館の人 第三部 精神の祝祭
- 堀田善衞　ラ・ロシュフーコー公爵傳説
- 堀田善衞　上海にて
- 堀田善衞　ゴヤ Ⅰ スペイン・光と影
- 堀田善衞　ゴヤ Ⅱ マドリード・砂漠と緑
- 堀田善衞　ゴヤ Ⅲ 巨人の影に
- 堀田善衞　ゴヤ Ⅳ 運命・黒い絵
- 穂村弘　本当はちがうんだ日記
- 堀辰雄　風立ちぬ
- 堀江貴文　徹底抗戦
- 堀江敏幸　なずな
- 本上まなみ　めがね日和
- 本多孝好　MOMENT
- 本多孝好　正義のミカタ I'm a loser
- 本多孝好　WILL
- 本多孝好　MEMORY
- 本多孝好　ストレイヤーズ・クロニクル ACT-1
- 本多孝好　ストレイヤーズ・クロニクル ACT-2
- 本多孝好　ストレイヤーズ・クロニクル ACT-3
- 本多孝好　Good old boys
- 誉田哲也　あなたが愛した記憶
- 本多有香　犬と、走る
- 本間洋平　家族ゲーム
- 前川奈緒 深谷かほる・原作　ハガネの女
- 槇村さとる　イマジン・ノート
- 槇村さとる キム・ミョンガン　あなた、今、幸せ？
- 槇村さとる　ふたり歩きの設計図
- 万城目学　ザ・万遊記
- 万城目学　偉大なる、しゅららぼん
- 増島拓哉　闇夜の底で踊れ
- 益田ミリ　言えないコトバ
- 益田ミリ　夜空の下で
- 益田ミリ　泣き虫チエ子さん 愛情編
- 益田ミリ　泣き虫チエ子さん 旅情編
- 枡野浩一　ショートソング
- 枡野浩一　石川くん

集英社文庫　目録（日本文学）

枡野浩一　淋しいのはお前だけじゃな
枡野浩一　僕は運動おんち
増山実　波の上のキネマ
又吉直樹　堀本裕樹　芸人と俳人
町山智浩　アメリカは今日もステロイドを打つ　USAスポーツ狂騒曲
町山智浩　トラウマ映画館
町山智浩　トラウマ恋愛映画入門
町山智浩　最も危険なアメリカ映画
松井今朝子　非道、行ずべからず
松井今朝子　家、家にあらず
松井今朝子　道絶えずば、また
松井今朝子　壺中の回廊
松井今朝子　師父の遺言
松井今朝子　芙蓉の干城
松井玲奈　カモフラージュ
松浦晋也　母さん、ごめん。　50代独身男の介護奮闘記
松浦弥太郎　本業失格
松浦弥太郎　くちぶえサンドイッチ　松浦弥太郎随筆集
松浦弥太郎　最低で最高の本屋
松浦弥太郎　場所はいつも旅先だった
松浦弥太郎　いつもの毎日。　衣食住と仕事
松浦弥太郎　日々の100
松浦弥太郎　松浦弥太郎の新しいお金術
松浦弥太郎　続・日々の100
松浦弥太郎　おいしいおにぎりが作れるならば。　「暮しの手帖」での日々を綴ったエッセイ集
松浦弥太郎　「自分らしさ」はいらない　くらしと仕事、成功のレッスン
松岡修造　テニスの王子様勝利学
フレディ松川　老後の大盲点
フレディ松川　ここまでわかった　ボケる人　ボケない人
フレディ松川　好きなものを食べて長生きできる　長寿の新栄養学
フレディ松川　60歳でボケる人　80歳でボケない人
フレディ松川　はっきり見えたボケの入口　ボケの出口
フレディ松川　わが子の才能を伸ばす親　つぶす親
フレディ松川　不安を晴らす3つの処方箋　認知症外来の午後
松樹剛史　ジョッキー
松樹剛史　スポーツドクター
松樹剛史　GO-ONE
松樹剛史　エアエイジ
松澤くれは　りさ子のガチ恋♡俳優沼
松澤くれは　鷗外パイセン非リア文豪記
松田志乃ぶ　嘘つきは姫君のはじまり
松永多佳倫　沖縄を変えた男　栽弘義――高校野球に捧げた生涯
松永多佳倫　偏差値70からの甲子園　僕たちは野球も学業も頂点を目指す
松永多佳倫　偏差値70の甲子園　僕たちは文武両道で東大も目指す
松永多佳倫　まかちょーけ　興南　甲子園春夏連覇のその後
松永天馬　少女か小説か
松本侑子　花の寝床
モンゴメリ　松本侑子・訳　赤毛のアン

集英社文庫　目録（日本文学）

モンゴメリ　松本侑子・訳　アンの青春
モンゴメリ　松本侑子・訳　アンの愛情
丸谷才一　星のあひびき
丸谷才一　別れの挨拶
麻耶雄嵩　メルカトルと美袋《みなぎ》のための殺人
麻耶雄嵩　貴族探偵
麻耶雄嵩　あいにくの雨で
麻耶雄嵩　貴族探偵対女探偵
眉村卓　僕と妻の1778話
まんしゅうきつこ　まんしゅう家の憂鬱
三浦綾子　裁きの家
三浦綾子　残像
三浦綾子　石の森
三浦綾子　ちいろば先生物語(上)(下)
三浦綾子　明日のあなたへ　愛するとは許すこと
みうらじゅん　とんまつりJAPAN　日本全国とんまな祭りガイド
みうらじゅん　宮藤官九郎　どうして人はキスをしたくなるんだろう？
みうらじゅん　宮藤官九郎　みうらじゅんと宮藤官九郎の世界全体会議
三浦しをん　光
三浦英之　五色の虹　満州建国大学卒業生たちの戦後
三浦英之　南三陸日記
三浦英之　水が消えた大河で　ルポJR東日本・信濃川不正取水事件
三浦英之　帰れない村　福島県浪江町「DASH村」の10年
三木卓　柴笛と地図
三崎亜記　となり町戦争
三崎亜記　バスジャック
三崎亜記　失われた町
三崎亜記　鼓笛隊の襲来
三崎亜記　廃墟建築士
三崎亜記　逆回りのお散歩
三崎亜記　手のひらの幻獣
水上勉　故郷
水上勉　働くことと生きること
水谷竹秀　日本を捨てた男たち　フィリピンに生きる「困窮邦人」
水谷竹秀　だから、居場所が欲しかった。　バンコク、コールセンターで働く日本人
水野宗徳　さよなら、アルマ　戦場に送られた犬の物語
未須本有生　ファースト・エンジン
水森サトリ　でかい月だな
三田誠広　いちご同盟
三田誠広　春のソナタ
三田誠広　永遠の放課後
道尾秀介　光媒の花
道尾秀介　鏡の花
三津田信三　怪談のテープ起こし
美奈川護　ギンカムロ
美奈川護　弾丸スタントヒーローズ
美奈川護　はしたかの鈴　法師陰陽師異聞
湊かなえ　白ゆき姫殺人事件

集英社文庫　目録（日本文学）

湊かなえ　ユートピア
宮尾登美子　影絵
宮尾登美子　朱夏(上)(下)
宮尾登美子　天涯の花
宮尾登美子　岩伍覚え書
宮木あや子　雨の塔
宮木あや子　太陽の庭
宮木あや子　喉の奥なら傷ついてもばれない
宮城公博　外道クライマー
宮城谷昌光　青雲はるかに(上)(下)
宮子あずさ　看護婦だからできること
宮子あずさ　看護婦だからできることⅡ
宮子あずさ　老親《ろうしん》の看《み》かた、私の老い方
宮子あずさ　ナースな言葉　こっそり教える看護の極意
宮子あずさ　ナース主義！
宮子あずさ　卵の腕まくり　看護婦だからできることⅢ

宮沢賢治　銀河鉄道の夜
宮沢賢治　注文の多い料理店
宮下奈都　太陽のパスタ、豆のスープ
宮下奈都　窓の向こうのガーシュウィン
宮田珠己　ジェットコースターにもほどがある
宮田珠己　だいたい四国八十八ヶ所
宮部みゆき　地下街の雨
宮部みゆき　R.P.G.
宮部みゆき　ここはボツコニアン　1
宮部みゆき　ここはボツコニアン　2　魔王がいた街
宮部みゆき　ここはボツコニアン　3　二軍三国志
宮部みゆき　ここはボツコニアン　4　ほらホラHorrorの村
宮部みゆき　ここはボツコニアン　5　FINAL　ためらいの迷宮
宮本輝　焚火の終わり(上)(下)
宮本輝　海岸列車(上)(下)
宮本輝　水のかたち(上)(下)

宮本輝　いのちの姿　完全版
宮本輝　田園発　港行き自転車(上)(下)
宮本輝　草花たちの静かな誓い
宮本昌孝　藩校早春賦
宮本昌孝　夏雲あがれ(上)(下)
宮本昌孝　みならい忍法帖　入門篇
宮本昌孝　みならい忍法帖　応用篇
深志美由紀　怖い話を集めたら　連鎖怪談
三好昌子　朱花の恋　易学者・新井白蛾奇譚
三好徹　興亡三国志一～五
武者小路実篤　友情・初恋
村上通哉　うつくしい人　東山魁夷
村上龍　テニスボーイの憂鬱(上)(下)
村上龍　ニューヨーク・シティ・マラソン
村上龍　ラッフルズホテル
村上龍　すべての男は消耗品である

集英社文庫　目録（日本文学）

村上　龍　龍言飛語
村上　龍　エクスタシー
村上　龍　昭和歌謡大全集
村上　龍　KYOKO
村上　龍　はじめての夜　二度目の夜　最後の夜
村上　龍　メランコリア
村上　龍　中田英寿　文体とパスの精度
村上　龍　タナトス
村上　龍　2days 4girls
村上　龍　69 sixty nine
村田沙耶香　ハコブネ
村山由佳　天使の卵　エンジェルス・エッグ
村山由佳　BAD KIDS
村山由佳　もう一度デジャ・ヴ
村山由佳　野生の風
村山由佳　きみのためにできること
村山由佳　キスまでの距離　おいしいコーヒーのいれ方Ⅰ
村山由佳　青のフェルマータ
村山由佳　僕らの夏　おいしいコーヒーのいれ方Ⅱ
村山由佳　彼女の朝　おいしいコーヒーのいれ方Ⅲ
村山由佳　翼 cry for the moon
村山由佳　雪の降る音　おいしいコーヒーのいれ方Ⅳ
村山由佳　緑の午後　おいしいコーヒーのいれ方Ⅴ
村山由佳　海を抱く　BAD KIDS
村山由佳　遠い背中　おいしいコーヒーのいれ方Ⅵ
村山由佳　夜明けまで1《ワン》マイル　somebody loves you
村山由佳　坂の途中　おいしいコーヒーのいれ方Ⅶ
村山由佳　優しい秘密　おいしいコーヒーのいれ方Ⅷ
村山由佳　聞きたい言葉　おいしいコーヒーのいれ方Ⅸ
村山由佳　天使の梯子
村山由佳　夢のあとさき　おいしいコーヒーのいれ方Ⅹ
村山由佳　ヘヴンリー・ブルー
村山由佳　蜂蜜色の瞳　おいしいコーヒーのいれ方 Second Season Ⅰ
村山由佳　明日の約束　おいしいコーヒーのいれ方 Second Season Ⅱ
村山由佳　約束　―村山由佳の絵のない絵本―
村山由佳　消せない告白　おいしいコーヒーのいれ方 Second Season Ⅲ
村山由佳　凍える月　おいしいコーヒーのいれ方 Second Season Ⅳ
村山由佳　雲の果て　おいしいコーヒーのいれ方 Second Season Ⅴ
村山由佳　彼方の声　おいしいコーヒーのいれ方 Second Season Ⅵ
村山由佳　遥かなる水の音
村山由佳　記憶の海　おいしいコーヒーのいれ方 Second Season Ⅶ
村山由佳　地図のない旅　おいしいコーヒーのいれ方 Second Season Ⅷ
村山由佳　放蕩記
村山由佳　天使の柩
村山由佳　La Vie en Rose　ラヴィアンローズ
村山由佳　ありふれた祈り　おいしいコーヒーのいれ方 Second Season Ⅸ
村山由佳　猫がいなけりゃ息もできない
村山由佳　晴れときどき猫背　そして、もみじへ

集英社文庫

金《きん》の角《つの》持《も》つ子《こ》どもたち

2021年5月25日　第1刷　　定価はカバーに表示してあります。
2022年2月12日　第5刷

著　者　藤岡陽子《ふじおかようこ》

発行者　徳永　真

発行所　株式会社　集英社
東京都千代田区一ツ橋2-5-10　〒101-8050
電話　【編集部】03-3230-6095
【読者係】03-3230-6080
【販売部】03-3230-6393（書店専用）

印　刷　大日本印刷株式会社

製　本　ナショナル製本協同組合

フォーマットデザイン　アリヤマデザインストア　　マークデザイン　居山浩二

ISBN978-4-08-744252-6 C0193